Originaltitel: ასინქრონი
Asynchrony © Bakur Sulakauri Publishing, 2013
First published by Bakur Sulakauri Publishing, Tbilisi, Georgia

Dieses Buch wurde mit Unterstützung von *Georgian National Book Center* und *Ministry of Culture and Monument Protection of Georgia* veröffentlicht.

Bibelzitat Seite 5: *Elberfelder Übersetzung, R. Brockhaus Verlag Wuppertal*

Die Gedichte in diesem Buch wurden nach der Übersetzung von Jürgen Schütz, in Zusammenarbeit mit Ekaterine Togonidze und Nino Kavelashvili, in die hier vorliegende Versform gebracht.

FSC
www.fsc.org
MIX
Papier aus verantwortungsvollen Quellen
FSC® C012536

Lektorat: Andrea Hörandner
Umschlag und Satz: Jürgen Schütz
Umschlagbild: *Quieting Yourself* © Brooke Shaden
Druck und Bindung: Christian Theiss GmbH
Printed in Austria

ISBN: 978-3-902711-74-8
www.septime-verlag.at
www.facebook.com/septimeverlag | www.twitter.com/septimeverlag

Ekaterine Togonidze

Einsame Schwestern

Roman

Aus dem Georgischen von
Nino Osepashvili und Eva Profousová

Nun aber vollbringe nicht mehr ich dasselbe,
sondern die in mir wohnende Sünde.
Römer 7, 17

Teil I

Rostom stieg aus dem Fahrstuhl. »Da sind Sie ja! Ich wollte schon wieder gehen«, sagte der Briefträger. Er händigte ihm einen Umschlag aus, ließ ihn unterschreiben und lief rasch die Treppe hinunter.

Das Schreiben kam von einem Krankenhaus: »Sehr geehrter Herr Mortschiladze, für die von uns für Ihre Kinder in Auftrag gegebene ...« – Rostom hörte auf zu lesen. Er hatte keine Kinder. Er drehte das Blatt unschlüssig um, sein Blick fiel auf den letzten Satz: »Unser aufrichtiges Beileid.«

»Was soll der Blödsinn?!«, sagte er und beugte sich über das Treppengeländer. Der Briefträger war verschwunden.

Überall in der verstaubten Wohnung lagen Kleidungsstücke auf den Stühlen. In Holzregalen standen dicht an dicht vergilbte Bücher. Dreckiges Geschirr stapelte sich in der schäbigen Küche, Tassen ohne Henkel und Teller mit abgeschlagenen Rändern. An der Wand hing ein großes Schwarzweißfoto von Rostoms Mutter. Rostom wollte den Brief zunächst auf ein Regal legen, dann zerknüllte er ihn aber und warf ihn in den Mülleimer. Er machte den Fernseher an und wärmte sich die gebratenen Kartoffeln vom Vortag auf. In den Nachrichten kam die Meldung, dass der Staatszirkus von Tbilissi geschlossen worden war.

Rostom nahm ein Fläschchen pikante Mirabellensauce aus dem Kühlschrank und schenkte sich einen Schnaps ein.

Eine Zeile aus dem Brief ließ ihn nicht los: »… Für die von uns für Ihre Kinder in Auftrag gegebene Leichenaufbewahrung wird ein Deckungsbeitrag in Höhe von …« Er blickte auf das Bild seiner Mutter und schüttelte den Kopf. Sie sah ihn traurig an. Oder vielleicht kam ihm das nur so vor. Jedes Mal, wenn er darüber nachdachte, die Wohnung zu verkaufen, wich er ihrem Blick aus. Das Foto abzunehmen, wagte er jedoch nicht. Schon der Gedanke daran war ihm unangenehm.

Dianas Tagebuch

6. März
Eine Sache kann ich an Lina nicht leiden. Sie füllt eine Schüssel mit Wasser, steckt den Kopf hinein und bleibt dann so. Sie würde sich dabei ausruhen, sagt sie. Sich ausruhen oder nachdenken – so genau weiß ich das nicht, jedenfalls behauptet sie, es würde ihr guttun. Sie pustet dabei so heftig ins Wasser, dass auch ich nass werde! Nach kurzer Zeit hebt sie den Kopf, holt Luft und taucht wieder unter. Einmal habe ich es auch ausprobiert. Nachdem wir doch im gleichen Sternzeichen geboren sind, müssten wir das Gleiche mögen. Aber so ist es nicht. Außerdem will ich nicht, dass Lina denkt, ich würde sie nachmachen. Sie versucht sowieso ständig zu lesen, was ich schreibe. Wahrscheinlich fängt sie selbst bald damit an. Soll sie doch, es hindert sie keiner daran.

Wenn sie ihr Gesicht ins Wasser steckt, macht sie sich auch die Haare nass. Ich sage ihr immer wieder, dass sie wenigstens auf ihre Haare aufpassen soll, aber sie hört nicht auf mich! Das Trocknen dauert ewig.

Beim Schreiben störe ich wenigstens keinen. Wenn sie Bilder aus den Illustrierten ausschneidet, weil ihr das Spaß macht, sage ich ja auch nichts. Soll sie doch alles zerschneiden, was wir an Gedrucktem haben, mir ist das egal!

Dieses Notizbuch habe ich in Großmutters Schrank gefunden. Wenn ich schreibe, fühle ich mich lebendiger als sonst, mein Leben wird auf einmal viel bedeutender. Bis jetzt habe ich zwar gerade eine Seite geschafft, aber in Gedanken habe ich schon viel mehr geschrieben. Nach und nach bringe ich alles zu Papier. Es muss doch einen Beweis geben, dass es einen gab, dass man am Leben war. Die Zeit vergeht und eines Tages sind wir nicht mehr da und dann weiß keiner, dass wir existierten. Es gibt nicht einmal ein Foto von uns, kein einziges. Jeder hat ein Foto von sich, nur wir nicht. Uns wird keiner eine Träne nachweinen. Wie komme ich bloß darauf? Warum rede ich plötzlich wie Großmutter? Die redet immer so. So redet man draußen. Dort gibt es scheinbar unverständliche Regeln, die bestimmen, wann man zu weinen und wann zu lachen hat … Aber woher sollen wir das wissen? Unser Draußen ist der Fernseher. Und Zaza. Der kommt aber auch von dort, von draußen.

Warum sollte uns überhaupt einer nachweinen? Schon die Tatsache, dass es uns gibt, wäre Grund genug … Meine Güte, jetzt höre ich mich wieder an wie Großmutter.

9. März

Ich schreibe, um zu leben. Das habe ich schon gesagt, oder? Bloß warum ich leben soll, das weiß ich nicht. Weil es sein muss. Einfach so. Ich lebe, bedeutet für mich, wir leben. Vielleicht ist dieses »Wir« das Problem? Wie ein Blutegel hat es sich an meiner Zunge festgesaugt und ich werde es nicht los. Es lässt mich nicht in der Einzahl reden, nicht mit mir allein sein, es lässt mich nicht leben …

Es gibt Tage, da kommt mir alles furchtbar sinnlos vor.

Manchmal werde ich vor Lina wach und dann freue ich mich über die paar Minuten allein. Als würde mein Leben nur in diesen Momenten stattfinden … und in meinem Tagebuch.

Rostom war wie immer als Erster in der Arbeit. Eine Putzfrau hastete geschäftig durch den Flur. Das Fenster im Dozentenraum stand offen. Eine leichte Brise raschelte in der Zeitung von gestern, die auf dem Tisch lag. MONSTER ODER SKLAVEN DES 21. JAHRHUNDERTS? – ZIRKUSDIREKTOR WEGEN AUSBEUTUNG GESUCHT. Rostom blätterte sie gelangweilt durch.

Nach dem Unterricht holten seine Kollegen Wurst, Brot und Schnaps aus dem Laden und machten es sich gemütlich. Der Reihe nach brachte jeder einen Trinkspruch aus. »Bei uns an der Fachhochschule weiß man noch zu trinken«, lachten sie, als sich ihnen ein Kollege von der Universität anschloss. Dort galt striktes Trink- und Rauchverbot.

Als Rostom nach Hause kam, fühlte er sich wie gerädert und innerlich leer. Am liebsten wäre er sofort ins Bett gegangen, musste aber noch die schmutzige Wäsche zusammensuchen, die er am nächsten Tag zu seiner Tante bringen wollte. Da klopfte eine Nachbarin an die Tür, man habe bei ihr einen Brief abgegeben.

»Was soll das schon wieder?« Rostom wurde ärgerlich, er erkannte den Umschlag und wollte ihn nicht. »Das ist bestimmt eine Verwechslung.«

»Kann sein.« Die Frau zuckte mit den Schultern, schob Rostom den Brief in die Hand und wandte sich zum Gehen.

»Sehr geehrter Herr Mortschiladze, für die von uns für Ihre Kinder in Auftrag gegebene ...« – Rostom seufzte. »Sie erreichen uns unter folgender Adresse ...« Er knallte die Tür zu. Bevor er den Brief in den Mülleimer warf, erhaschte er noch: »Die Aufbewahrungskosten für die Toten werden tageweise abgerechnet ...«

Dianas Tagebuch

9. März

Ich hasse März. Der Wind rüttelt am Haus, fegt uns fast weg, die Wände wackeln. Heute hasse ich wirklich alles, auch das Haus! Großmutter schaute ihre Telenovela, ich hätte gerne zu einem Film umgeschaltet, aber das erlaubte sie nicht. Die dumme Lina sagte natürlich nichts dazu. Wie können sich die beiden nur so etwas anschauen? Es ist doch immer dasselbe! Wenn man mit Großmutter darüber redet, findet sie diese Serien schwachsinnig, aber wenn sie dann laufen, bekommt man sie nicht vom Fernseher weg! Mir reicht's!

Zum Glück habe ich mein Tagebuch! Das ist der Ort, der nur mir gehört! Der Ort, an dem ich ich selbst bin ... und ich alles sagen kann, nichts auslassen muss. Hier schränkt mich keiner ein, keiner beleidigt mich, keiner verbietet mir etwas oder tut mir weh! Hier kann ich sagen: Ich mache, und nicht: Wir machen! Oder: Ich möchte, und nicht: Wir möchten. Hier kann ich allein sein, allein, ganz allein!

»**Auf ein gutes Miteinander!** Darauf, dass sich zwei Menschen verstehen! Lieber tot als allein! Sollen meine Feinde allein bleiben, nur ich nicht!« Die Männer ließen erneut ihre Gläser klirren. Sie tranken schon seit Stunden. Aus dem Nachmittag war bereits tiefste Nacht geworden.

»Ihr kennt doch diesen Spruch, ›Arm dran, wer allein essen muss!‹« – »Wie wahr!«, stimmten die Kollegen überein.

Rostom nickte. Die durch den Trinkspruch eingeleitete Unterhaltung ging weiter, jedoch bezog sie sich plötzlich auf ihn.

»Ein Mann wie du darf nicht allein leben, das ist nicht gut! Auch wenn du nie unter Einsamkeit leiden wirst, solange es uns gibt, Bruder. Aber es ist schon eine Schande, wenn so ein Mannsbild ohne gute Frau und Kinder zu Hause sitzt …«

Beim Wort »Kinder« musste Rostom an die Briefe denken, die er in letzter Zeit erhalten hatte, und er verzog das Gesicht; das Wort brannte in seiner Kehle stärker als der Schnaps.

Dianas Tagebuch

11. März

Als uns Zaza die Tasche gebracht hat, murmelte Großmutter vor sich hin, die würden wir wohl kaum brauchen können. Es ist eine knallbunte Wachstuchtasche. Sie hat recht, wir gehen nie aus und brauchen keine Tasche. Ihre Bemerkung kränkte mich aber trotzdem.

Wir haben ein paar Sachen hineingetan, ein schönes Taschentuch, einen Lippenstift, ein paar Haarspangen und eine Handvoll Lutscher, und haben sie dann an den Spiegel gehängt. Manchmal, wenn ich schlechte Laune habe, öffne ich sie und betrachte den Inhalt. An manchen Tagen wird meine Laune dadurch sogar noch schlechter. Auch die Tasche stammt von dort, von »draußen«, und erinnert uns daran, dass wir dort nie hinkommen werden. Draußen gibt es keinen Platz für uns. Wir müssen hier bleiben, mit unsichtbaren Stricken an diesen Ort gefesselt: unser Haus, die beiden Bäume, der Fluss. Hier sitzen wir fest und warten auf Großmutters Rente und Zaza.

Überhaupt ist dieser Ort wie verhext, es scheint ihn auf keiner Karte zu geben, nicht einmal als winzigen Punkt. Auf unseren Karten (wir haben zwei an der Wand hängen, sie sollen die Risse in der Mauer abdecken und den Luftzug stoppen) ist er zumindest nicht zu finden.

Hin und wieder macht mir das alles Angst. Lina heult dann, aber sie kriegt sich auch schnell wieder ein. Für sie ist das leichter so: Sie heult eine Weile und dann ist alles wieder gut. Das kann ich nicht. Mir ist es peinlich zu weinen. Mir ist es peinlich, dass wir anders sind. Manchmal macht mich das alles fast verrückt. Warum passiert so was? Und warum ausgerechnet uns?

13. März

Ich hab's doch gewusst! Lina hat mich nach Papier suchen lassen, sie will auch schreiben. In einer Schublade haben wir ein altes, halbvoll geschriebenes Notizheft gefunden. Mehr Papier gibt es nicht. Erst hat sie gejammert, aber dann hat sie die beschriebenen Seiten herausgerissen und schon hatte auch sie ein Tagebuch. Was schreibt sie wohl hinein? Sie wendet sich beim Schreiben ab, damit ich nichts sehen kann.

Lina ist nämlich die links.

Linas Tagebuch

Am dreizehnten März
Zwei Zöpfe, zwei Mützen … eine Kette mit silbernem Blatt. – Das sind wir.

Ich bin die links.

Meine Schwester gibt mir ihr Tagebuch nicht zu lesen. Deswegen verstecke ich meines auch. Ansonsten gibt es kaum etwas, was wir voreinander verstecken können. Irgendwann werde ich es schon zu sehen bekommen, es heimlich lesen. Was kann sie denn so Besonderes schreiben? Vielleicht hat sie Gedichte zu Papier gebracht und ist sich nicht sicher, ob sie gut sind. In dem Fall wäre ich ihr gar nicht böse. Ich wollte schon immer Gedichte schreiben. Keine Liebesgedichte, ich war noch nie verliebt. Ich würde ein Gedicht über unseren Vater schreiben und eines über unsere tote Mutter. Ich weiß zwar auch so gut wie nichts über sie, aber da würde ich mir schon etwas einfallen lassen, für mich sind beide sehr lebendig – Mutter auf dem Foto, Vater in meiner Vorstellung.

Auch über mich und Diana würde ich schreiben …

»Zwei Herzen, zwei Münder, zwei Seelen …« So würde ich beginnen. Und danach? Keine Ahnung. Ich habe noch nie etwas geschrieben.

Da fällt mir ein, dass man Menschen mit zwei Herzen Heuchler nennt, und von Menschen mit zwei Mündern heißt es, dass sie doppelzüngig sind. Wie furchtbar! Was für grausame Wörter! Wie sagt man das wohl in anderen Sprachen? Wir sprechen nur Georgisch. Und im Georgischen gefallen mir diese Bilder nicht, sie kommen mir schrecklich vor.

Als Frau mit zwei Seelen bezeichnet man im Georgischen eine Frau, die ein Kind unter dem Herzen trägt …

Nirgends ist Platz für uns. Nicht einmal in der Sprache.

Ich weiß nicht, was ich schreiben soll. Das Tagebuch ist keine gute Idee. Es ist wie Gift. Am besten stelle ich das Denken ganz ein.

Was schreibt denn Diana so viel? Ich bin echt neugierig.

Lieber schneide ich wieder Bilder aus. Seit sie mit ihrem Tagebuch beschäftigt ist, hilft sie mir nicht mehr dabei, sie hat keine Zeit mehr für mich. Das Ausschneiden ist umständlich geworden. Alleine bekomme ich es kaum hin.

Am Morgen im Fahrstuhl streifte Rostom der Hauch eines starken Parfüms, süßlich und bitter zugleich. Unwillkürlich formte sich eine Frauengestalt vor seinen Augen. Als er im Erdgeschoss ausstieg, sah er eine schlanke Frau mit leicht hängenden Schultern vor sich, mit reiner, blasser Haut, reizendem, ovalem Gesicht und feingliedrigen, langen Fingern. Nur eine Frau wie diese verströmt einen solchen Duft.

Im Dozentenraum war es laut. Die Sekretärin kochte Kaffee. Die Tür ging auf und eine Studentin lugte herein. Als sie Rostom entdeckte, fragte sie schüchtern: »Darf ich kurz?« Rostom sah die grazile junge Frau streng an. Sie reichte ihm ein paar zusammengeheftete Blätter. Er nahm sie entgegen, ohne das Gespräch mit seinem Kollegen zu unterbrechen.

»Warum machst du ihr das Leben schwer? Sie ist doch sehr nett«, sagte der Kollege, nachdem die Studentin den Raum verlassen hatte.

»Was meinst du mit schwer machen?«, antwortete Rostom zerstreut. »Seit wann sind Hausarbeiten etwas Schlimmes?«

Er sah verwundert auf das Titelblatt. »Falls ihr verwandt seid, musst du es mir sagen, dann werde ich sie natürlich …«

»Nein, nein, das war nur so dahingesagt, sie ist eine gute Studentin, intelligent. Ich kenne sie, weil sie im letzten Jahr einen Kurs bei mir belegt hat …«

Rostom holte sich die Studentenakten. Er fand den Namen der jungen Frau und sah sich ihre Bewertungen an. Niedrige Punktezahlen, zweimal Zwischenprüfung nachgeholt. Rostom zögerte. Irgendwas an dieser Frau störte ihn. Als er überlegte, was das genau war, tauchten nur ein langer Hals, geschwungene Augenbrauen und ein langes, feines Gesicht vor ihm auf, ein Gesicht, das einer expressionistischen Zeichnung entsprungen zu sein schien.

Dianas Tagebuch

16. März

Beim Aufwachen fällt mein Blick als Erstes auf Elenes Foto. Ich finde das ganz furchtbar. Als würde mir jedes Mal ein Nagel in den Kopf geschlagen werden. Das ovale Gesicht, die gebogenen Augenbrauen … Ich weiß, wem sie ähnlich sieht, wir hatten die Zeichnung früher im Kalender hängen.

Auf dem Bild ist Mutter in etwa so alt wie wir, vielleicht ein bisschen älter. Wusste sie überhaupt, was Kummer bedeutet? Sie ist gestorben, noch bevor sie uns zu sehen bekommen hat. Auch Vater hat uns nie gesehen. Er lebt zwar noch, aber es läuft auf dasselbe hinaus. Dem sind wir scheißegal.

Nein, egal ist nicht das richtige Wort, er wünscht sich bestimmt, wir wären nie geboren! Gibt es überhaupt jemanden, der uns haben will? Wer braucht uns schon?! Ich mag nicht jammern, ich versuche bloß einen Sinn in dem Ganzen zu erkennen. Ich habe doch das Recht zu wissen, warum ich auf der Welt bin und wie lange noch. Wenn ich bloß wüsste, was Lina und mich erwartet: Werden wir für immer hier bleiben? Immer so? Wenn ich jetzt an die Zukunft denke, bekomme ich gleich wieder schlechte Laune.

Als wir noch Kinder waren, hat das nicht so wehgetan. Früher gab es Momente, in denen wir auch glücklich waren.

Kann nicht auch einmal etwas Schönes passieren? Ausnahmsweise? Etwas Schöneres, als wenn Zaza Schokolade aus der Stadt mitbringt oder Großmutter einen Kuchen bäckt, etwas Vergnüglicheres ... nicht so ein Kinderkram, der mich nicht mehr glücklich macht. Es wird mir zu eng hier, in diesem kleinen Zimmer, uns fällt allmählich die Decke auf den Kopf. Das alles, diese Leere, macht mich schrecklich müde. Unser Leben besteht nur aus dieser Leere.

Warum hat Elene uns zur Welt gebracht? Warum sind die Menschen so egoistisch? Warum lassen sie sich von ihren Trieben beherrschen?

Und warum hat uns keiner gefragt? Vielleicht wollten Lina und ich gar nicht hier sein.

Wer hat uns verflucht?

Linas Tagebuch

Am siebzehnten März

Richtige Mädchen haben Freundschaftstagebücher, habe ich in einem Interview gelesen. So ein Buch besteht aus lauter Fragen: Was magst du am liebsten? Wovon träumst du? Wer ist dein Lieblingsschriftsteller? – und so weiter. Diese

Fragen lassen sie dann von ihren Freundinnen beantworten. Ich hätte gerne auch so ein Tagebuch, aber wem würde ich es geben? Schreibt Diana vielleicht etwas Ähnliches? Ich würde gerne so ein Buch ausfüllen, aber mir würde vermutlich nichts einfallen, was ich antworten könnte:

– Was willst du?
– Was liebst du?
– Was hasst du?
– Was willst du werden?
– Was machst du in deiner Freizeit?
– Welchen Maler magst du am liebsten?
– Welchen Schriftsteller? Schauspieler?
– Wovon träumst du?

Ich weiß nicht, was ich will. Aus irgendeinem Grund wünsche ich mir plötzlich, dass man mir solche Fragen stellt, als wäre ich berühmt und meine Antworten würden in einer Zeitschrift abgedruckt werden. Lina mag das, Lina träumt von … Lina ist das, Lina ist jenes, jetzt lacht Lina … auf diese Frage möchte Lina nicht antworten … Auch meine Schwester soll befragt werden, auch über sie soll geschrieben werden: Diana ist ganz anders – obgleich Zwillinge, sind die beiden sehr unterschiedlich … Deswegen streiten sie sich manchmal, aber sie lieben sich sehr. Sie könnten ohneeinander nicht leben!

Ich liebe Fleisch. Wenn Großmutter ihre Rente bekommt, bringt uns Zaza immer ein bisschen Fleisch und Käse. Es reicht für zwei Tage. Überhaupt, ich mag das, wenn Zaza vorbeikommt. Alles, was er mitbringt, verströmt einen besonderen Geruch. Ab und zu hat er sogar Schokolade dabei, ich glaube, die kauft er selbst, von seinem eigenen Geld. Ich liebe neue Zeitschriften. Manchmal legt man ihnen im

Laden Werbebroschüren bei, die schaue ich mir besonders gerne an. Sie riechen anders, nach Stadt. Unser Geburtstag ist auch ein schöner Tag, Großmutter bäckt uns immer einen Kuchen. Sie schenkt uns Haarspangen und Kleider. Einmal haben wir Shampoo bekommen, das roch so gut. Es schäumte ganz toll und die Haare waren danach samtig weich.

Ein anderes Mal hat Zaza uns eine Flasche Seifenblasen mitgebracht. Das war herrlich! Diana und ich haben uns einen Wettkampf geliefert, wessen Blasen größer waren und sich länger in der Luft hielten ... Das war so lustig! Am Anfang wollte es bei ihr nicht richtig klappen und sie ärgerte sich. Ich habe mich halb totgelacht! Als die Flüssigkeit aus war, erlaubte uns Großmutter nicht, Spülmittel zu nehmen. Aber Seife allein reicht nicht aus. Also haben wir heimlich doch ein bisschen Spülmittel hineingetan, ohne dass sie es merkte, und haben im Garten hinter unserem Haus regenbogenfarbene Seifenblasen steigen lassen.

Jetzt will ich verraten, was ich hasse: Ich hasse es, im Garten die Erde umzugraben. Lieber wasche ich Wäsche oder spüle ab. Ich hasse es, wenn Großmutter schnarcht oder wenn sie Schmerzen hat und stöhnt. In letzter Zeit stöhnt sie ohne Ende. Das macht mich verrückt! Am liebsten würde ich mir die Ohren zuhalten.

Beruf – Ich möchte Modedesignerin werden. Ich würde schöne Kleider nähen, so wie die, die man in den Zeitschriften sieht. Wir müssen sowieso alle unsere Blusen ändern. Hosen und Röcke tragen wir wie alle anderen, aber die Oberteile müssen neu gemacht werden. Als Modedesignerin würde ich zuerst schöne Kleider für uns nähen, später auch für andere. Ich würde für berühmte Frauen

Kleider entwerfen und selbst die Farben und die Schnitte aussuchen.

In meiner Freizeit tauche ich. Ich lege meinen Kopf ins Wasser und wechsle in eine andere Welt. Mittlerweile kann ich dabei sogar die Augen offen halten. Früher hatte ich Angst davor, jetzt brauche ich mir nicht einmal die Nase zuzuhalten, und auch die Ohren bleiben unter Wasser, während ich Blasen aufsteigen lasse. Ich kann lange ohne Luft bleiben. Der Boden der Schüssel ist mit Blumen verziert. Im Wasser verschwimmt alles. Es kommen kaum Geräusche durch. Ich höre nur die Stimme meines Körpers, ich glaube sogar das Rauschen des Blutes in meinen Adern zu hören, und meinen Herzschlag. Meine Schwester ärgert sich, wenn ich tauche, und will, dass ich damit aufhöre. Aber ich mag es. Ich brauche nur den Kopf ins Wasser zu stecken und schon bin ich woanders, in einer ruhigen, friedlichen Welt.

Ansonsten blättere ich gerne in den Zeitschriften, schneide Bilder aus und sammle sie, jetzt habe ich auch noch angefangen Tagebuch zu schreiben.

Ich träume davon, frei zu sein. Um diese Frage zu beantworten, musste ich lange nachdenken. Ich kann nicht genau sagen, was Freiheit heißt, aber ich kann meine Vorstellung davon beschreiben.

Frei zu sein muss sich so anfühlen wie der Moment, in dem ich meinen Kopf ins Wasser tauche … bis mir die Luft ausgeht. Da weiß ich, dass ich Lina bin, nicht Dianas Zwillingsschwester oder ein mit Zaza verwandtes Waisenkind, sondern Lina, einfach nur Lina und Punkt!

Jetzt bin ich müde … und meine Hand auch.

Dianas Tagebuch

19. März
Als ich Elenes Foto von der Wand nehmen wollte, fing Lina an, mit mir zu kämpfen. Großmutter war in der Stadt, um ihre Rente zu holen, sonst hätte sie sicher Linas Partei ergriffen. Trotzdem gelang es mir, das Foto herunterzuschlagen. Lina ließ es mich nicht in der Schublade verstecken, sie legte es auf den Tisch. An der Wand ist seitdem ein helles Viereck, eine leere Stelle. Lieber sehe ich mir diesen Fleck an als Elenes lächelndes Gesicht, ich kann ihren sorglosen Blick nicht ertragen.

... Obwohl Mama wunderschön war. Ich bin ihr ähnlich.

Während sich Rostom nach dem Unterricht von den Kollegen verabschiedete, klingelte das Telefon. Man winkte ihn herbei, eine Frau würde nach ihm fragen. Rostom, der nie private Anrufe an seinem Arbeitsplatz bekam, nahm verwundert den Hörer entgegen.

»Spreche ich mit Rostom Mortschiladze?« Es hätte auch ein junger Mann sein können.

»Ja, ich höre.«

»Herr Mortschiladze, wir möchten Ihnen unser Beileid ...«

»Wie bitte?«, Rostoms Stimme verkrampfte sich.

»Sie haben doch unser Schreiben erhalten? Auch wenn Sie die Aufbewahrungskosten für den Leichnam, Entschuldigung, die Leichname, nicht übernehmen wollen, müssen Sie trotzdem vorbeikommen ... Sie müssen zu Protokoll geben, dass Sie Ihre Kinder nicht ...«

»Hier liegt ein Irrtum vor!«, sagte Rostom barsch.

»Spreche ich mit Herrn Mortschiladze?«, wiederholte die Stimme ungerührt.

»Wen wollen Sie sprechen? Ich habe keine Kinder!« Vor Wut wurde Rostom laut.

»Entschuldigen Sie bitte …«, die Frau schien den Hörer zugedeckt zu halten und mit einer anderen Person zu sprechen, sodass Rostom nur einzelne Wörter verstand. »Sie können eine DNA-Analyse bean…«

»Was wollen Sie von mir? Wer hat Ihnen diese Nummer gegeben? Woher haben Sie meine Adresse? Was soll das Ganze?«

Rostoms Stirn war schweißbedeckt, sein Gesicht rot angelaufen. Er legte auf und sah seine Kollegen an.

»Was für Idioten! Was bilden die sich ein …!« Er wischte sich mit einem Tuch übers Gesicht und verließ den Raum.

»Alles in Ordnung?«, rief ihm ein Kollege nach. Im Flur begegnete er wieder der Studentin. In seiner Verwirrung konnte er sich nicht erinnern, ob sie sich heute bereits gegrüßt hatten, also wandte er sich vorsichtshalber ab.

Dianas Tagebuch

29. März
Wir haben keine Binden mehr. Auch die Seife ist bald aufgebraucht. Als ich … nein, als wir das erste Mal unsere Blutung bekommen haben, wusste ich überhaupt nicht, was los war, und hatte unglaubliche Angst. Ich habe Lina geweckt, und ihr blieb fast das Herz stehen. Großmutter hatte uns natürlich nicht aufgeklärt. Später haben wir uns daran gewöhnt. Haben auch endlich die Fernsehwerbung

verstanden. Es war uns peinlich, Zaza um Damenbinden zu bitten. Also rissen wir ein Bettlaken in lange Streifen und legten Watte und Toilettenpapier dazwischen … Am Ende setzten wir die Binden aber doch auf die Einkaufsliste. Seitdem bringt er uns immer welche mit.

Ohne unsere Bücher, die Illustrierten und das Fernsehen hätten wir von nichts eine Ahnung. Großmutter schimpft zwar, wozu wir die Illustrierten brauchen würden, hinausgeworfenes Geld sei das, sagt sie, aber Lina ist ganz verrückt danach, sie würde lieber verhungern, als auf ihre Hefte zu verzichten.

Wie gut, dass uns Großmutter das Lesen und Schreiben beigebracht hat. Wahrscheinlich ist sie deswegen auf die Welt gekommen … Ob ohne sie unser Leben anders verlaufen wäre? Vielleicht hätten wir woanders gewohnt, nicht so abgeschottet wie hier, vielleicht hätten wir die Welt da draußen gesehen. Was soll denn so schlimm an ihr sein? Wie oft war ich kurz davor, Zaza zu sagen: »Bitte, nimm uns mit zum Einkaufen! Wir warten auch im Auto auf dich, wenn es dir lieber ist!« Aber jedes Mal, wenn ich ihn bitten wollte, war meine Zunge wie gelähmt. Vielleicht werde ich es mein Leben lang nicht schaffen, ihn zu fragen … Ob er uns überhaupt mitnehmen würde? Vermutlich nicht.

Linas Tagebuch

Am zweiundzwanzigsten März
Inzwischen kann ich schon länger als eine Minute die Luft anhalten … Ich liebe es, im Wasser zu sein. Gerne würde ich ganz eintauchen, aber … Aus dem Fernsehen weiß ich,

dass man im Schwimmbad und im Meer baden kann. Ich bin immer ganz neidisch, wenn ich Menschen im Badeanzug sehe, die ins Wasser springen und schwimmen, tauchen oder sich auf dem Rücken treiben lassen. Ich möchte so gern ans Meer … an einen See … Hauptsache Wasser! Ich will ins Wasser! Ich würde hineinspringen und losschwimmen, ich weiß genau, dass ich schwimmen kann, Diana dürfte sich auf mich verlassen, ich würde für uns beide schwimmen.

IchwillinsWasserIchwillinsWasserIchwillinsWasserIchwillinsWasserIchwillinsWasserIchwillinsWasserIchwillinsWasser …

Wasser ist für mich das Gleiche wie der Spiegel für Alice im Wunderland. Ich betrete so eine andere Welt. Die anderen verstehen das nicht und schimpfen mit mir. Aber was geht das die Großmutter an? Wen störe ich denn damit? Das Wasser bringt mich weit weg, an einen anderen Ort … Der vielleicht nicht besser ist, aber anders, ganz anders …

Die Nachbarin maß Rostom den Blutdruck und gab ihm ein paar Tabletten.

»Du musst auf dich aufpassen … Du siehst ganz furchtbar aus.« Sie verstaute das Blutdruckmessgerät in der Hülle und stand auf.

»Ich weiß Msia, ich weiß … Ich sollte weniger trinken …«

»Ja, das stimmt, Trinken verjagt keine Sorgen, es macht nur krank, und vom Sorgenmachen allein wird die Welt auch nicht besser«

Unter dem vielsagenden Blick seiner Nachbarin kam sich Rostom ganz elend vor.

»Ich weiß, es ist nicht leicht.« Die Frau schüttelte den Kopf. »Ihr Männer vergrabt eure Sorgen gern, ... Sag Bescheid, wenn ich dir helfen kann ... falls du Geld brauchst ... «

Rostom starrte sie an.

»Wie meinst du das?«

»Du hättest nichts machen können ... Du weißt doch: Seinem Schicksal kann keiner entrinnen ... Ähm ... Jedenfalls, wir sind für dich da ...«, fügte sie voll Mitleid hinzu und verabschiedete sich.

Rostom brachte kein Wort heraus. Die Kopfschmerzen waren schlimmer geworden. Sein Kopf dröhnte.

Es fiel ihm ein, dass der Briefträger den zweiten Brief bei Msia abgegeben hatte.

Linas Tagebuch

Am sechsundzwanzigsten März
Im Garten hinter unserem Haus stehen zwei Bäume. Ich möchte über sie ein Gedicht schreiben. Der eine sieht aus wie wir, der andere ist eine Kiefer.

Früher war die Kiefer größer als wir, jetzt haben wir sie eingeholt. Sie ist zwar kein Tannenbaum, wie man ihn aus den Illustrierten und aus dem Fernsehen kennt, aber sie kommt ihm ziemlich nahe ... Und ich mag die Kiefer. An Neujahr schmücken wir sie mit Spielzeug und bunten Schleifen. Einmal haben wir einen Zweig abgebrochen und ihn im Haus an die Wand gehängt. Aber der Baum tat uns leid und wir haben das nie wieder gemacht, seitdem schmücken wir ihn immer nur draußen. Wir haben sowieso kaum Spielzeug, weil meine tollpatschige Schwester immer alles kaputt macht. Deshalb binden wir meistens nur Schleifen um die Äste. Dann sieht die Kiefer fast so aus wie ein Baum der Tausend Wünsche, für jede Schleife ein Wunsch. Weniger wie ein echter Weihnachtsbaum. Aber auch so ist sie wunderhübsch und macht den Garten schöner. Nach dem Aufstehen fällt unser erster Blick auf sie, und gleich sind wir besser gelaunt.

Im Winter ist alles viel anstrengender. Der Schnee macht die Wände feucht. Manchmal dürfen wir nicht einmal die Heizung aufdrehen, das Gas kostet zu viel. Auch für Zaza ist es nicht leicht, uns zu besuchen. Trotzdem freuen wir uns über den Schnee …

Dianas Tagebuch

26. März
Diesmal habe ich die Illustrierten durchgeblättert, bevor Lina sie zerschneiden konnte. Ein paar Sachen fand ich interessant. Manche Wörter verstehe ich aber nicht, ich muss Großmutter fragen. Sie war Lehrerin und weiß deswegen immer eine Antwort. Ich glaube, auch wenn sie keine wüsste, würde sie sich eine ausdenken. Oder gleich losschimpfen darüber, wie das Georgische verkommt und unter Barbarismen leidet. Oder so ähnlich. Heute habe ich sie nach »synchronisiert« gefragt und sie war überrascht, dass ich das Wort nicht kannte. Es kam mir vor, als hätte etwas in mir die Bedeutung gewusst, aber ich war mir nicht sicher. Sie sagte, das Wort beschreibe eine zeitgleiche Bewegung, wenn zum Beispiel beim Tanzen alle Tänzer gleichzeitig dieselbe Bewegung machen. Oder alle Schwimmer, sagte sie. Wahrscheinlich hat sie das mit etwas anderem

verwechselt, in dem Artikel ging es um Filmsynchronisierung, wie soll das mit Tanzen zusammenhängen?

Unser Apfel-Pfirsichbaum blüht noch nicht. Kein Wunder bei diesem Wetter … Es wird und wird nicht wärmer! Großmutters Blutdruck ist ständig zu hoch, das kommt auch vom Wetter. Sie verlässt kaum noch das Bett …

Ich möchte so gerne unseren Baum blühen sehen. Der Apfel springt als Erster auf. Zuerst ist der eine Teil mit weißen Blüten bedeckt, dann der andere mit rosa Blüten. Im Sommer trägt der eine Äpfel und der andere Pfirsiche. Wenn doch der Sommer bald kommen würde! Die Großmutter erklärte uns, man hätte den Baum gepfropft. Dabei würde man dem Baum einen Ast abschneiden, einen anderen an die Stelle drücken und ihn festbinden, damit die beiden zusammenwachsen und zu einem Baum werden, zwei unter einer Rinde.

Vielleicht bedeutet auch das synchronisieren … aber nein, nein … wenn sie erst nacheinander blühen, dann ist das nicht synchron, zumindest nicht im Sinne von Großmutters Erklärung …

Soeben konnte ich endlich einen Blick in Linas Tagebuch werfen. Sie schreibt über unsere Bäume. Ich auch. Das passiert uns oft, wir denken oft gleichzeitig ein und dasselbe, ohne es zu wollen … synchron eben!

Lina hat über die Kiefer geschrieben. Darüber, dass wir einmal an Neujahr einen Zweig zu Hause an der Wand hängen hatten. Wie ist sie bloß darauf gekommen? Damals war der ganze Fußboden mit Nadeln bedeckt, durch die Wärme fielen sie alle ab und verdreckten den Boden. Von da an haben wir nie wieder einen Zweig ins Haus gebracht und haben den Baum nur noch draußen geschmückt. Wir hängen Spielzeug und bunte Schleifen an ihn. Dabei macht Lina jedes Mal mindestens ein Spielzeug kaputt.

»Lass dich bloß nie wieder hier blicken …!« Rostom sprang dem Briefträger hinterher, aber der Mann hatte bereits erschrocken die Flucht ergriffen. Rostom sah ihm nach und hielt sich mit einer Hand am Treppengeländer fest. »Was zum Teufel soll dieses blöde Spiel?«, keuchte er.

»Wollen Sie finanzielle Unkosten vermeiden, fassen Sie sich in Geduld und nehmen Ihre Probleme an. Passen Sie auf Ihre Gesundheit auf …«, hörte Rostom beim Betreten der Wohnung. Im Fernsehen lief das Tageshoroskop und auf dem Fußboden lag ein weiterer Brief.

Linas Tagebuch

Am achtundzwanzigsten März
In Märchen verwandeln sich Menschen in Bäume. Wenn das stimmt, dann ist die Kiefer vorm Haus unsere Mutter. Deswegen ist sie auch so schön und zart. Unser *Mekvle*, der Neujahrsbote, der uns für das kommende Jahr Glück bringen soll, ist schon immer unser Zaza gewesen. Allerdings kommt er immer zwei, drei Tage zu spät und meist betrunken, dafür bringt er aber Süßigkeiten mit. Jetzt hätte ich gerne etwas Süßes …

Unser Vater könnte der Baum hinter der Gartenmauer sein … Er passt von Weitem auf, und sollte es uns einmal richtig schlecht gehen, hilft er uns. Früher oder später wird er schon kommen.

Einmal habe ich gehört, wie Zaza zu Großmutter sagte, er würde diesen Dreckskerl finden, der sollte nicht so billig davonkommen. Warum sagt er so etwas? Ich fühlte mich gekränkt. Zaza fügte noch hinzu, das Arschloch sollte keinen ruhigen Schlaf mehr haben, schließlich wäre er ja der Vater.

Großmutter fiel ihm ins Wort und meinte, er solle sich zurücknehmen, wir seien in der Nähe. Diana und ich lagen schon im Bett, und sie war sich wohl nicht sicher, ob wir schliefen. »Hätte der Mann nur einen Funken Anstand im Leib …«, flüsterte sie, brach aber mitten im Satz ab. Sie dürfen nicht so über unseren Vater reden! Vielleicht hat Diana wirklich schon geschlafen, jedenfalls verzog sie keine Miene. Als ich später mit ihr darüber reden wollte, haben wir uns gestritten … Sie mag nicht über unseren Vater sprechen, sie mag auch nicht über unsere Zukunft sprechen, sie findet, das bringe nichts, wir könnten ohnehin nichts ändern. Auch über Elene spricht sie manchmal schlecht. Ich hasse das. Unsere Mama war schön und gut, würde sie noch leben, wäre alles besser. Nur mit äußerster Anstrengung habe ich ihr Foto retten können. Ich könnte durchdrehen wegen Diana …

Würde Mutter noch leben, wäre alles gut. Das weiß ich genau!

Rostom war noch nie in einem Leichenschauhaus gewesen. Der Sicherheitsdienst wies ihm den Weg nach unten. Im Untergeschoss wurde Rostom von einem ungewöhnlich großen Mann mit riesigen Händen empfangen. Auf dessen glänzendem Schädel klebte schütteres Haar, und der weiße

Arztkittel reichte ihm gerade bis zu den Knien. Aus irgendeinem Grund hatte Rostom erwartet, dort eine Person anzutreffen, zu der die komische, geschlechtslose Telefonstimme gepasst hätte – entweder einen sehr jungen, kahlköpfigen Mann oder eine füllige, plumpe Frau. Unschlüssig folgte er seinem Begleiter, als wartete etwas Schreckliches auf ihn. Von den unter der Decke angebrachten Leuchtröhren fiel ein kaltes Licht in den Gang. Am Ende flackerte eine Neonlampe, und Rostoms Herz schien sich ihrem unregelmäßigen Rhythmus anzupassen. Er blieb kurz stehen. Am liebsten wäre er umgekehrt, er fragte sich, was er da überhaupt machte.

»Kommen Sie schon!« Die Stimme des Riesen erschien Rostom weit entfernt, als hätte er Watte in den Ohren.

Er folgte ihm. Sie durchquerten einen Raum nach dem anderen. In einem saßen Frauen in weißen Kitteln und aßen Schnitzel mit Nudeln. Vor ihnen lag eine Plastiktüte mit kleingeschnittenen Gurken und Tomaten. Rostom fühlte sich wie in einem Traum.

Aus einem überdimensionalen Kühlschrank rollte polternd eine Schublade in der Größe eines ausgewachsenen Menschen auf ihn zu.

»Nein, nein«, sagte Rostom, »das ist ein Missverständnis, ich bin bloß gekommen, um zu klären …«

Der Riese tat, als hörte er nicht, griff nach dem Tuch, das den toten Körper bedeckte, und zog es weg. Rostom wurde schwindelig. Der Leichnam schien sich zu verdoppeln und Rostom verlor das Bewusstsein.

Linas Tagebuch

Am dreißigsten März
Manchmal denke ich, das alles hat seine Richtigkeit. Alles ist so, wie es sein soll. Ich habe Lina zu sein – Dianas Zwillingsschwester – und sie Diana – meine Zwillingsschwester. Unsere Mutter konnte friedlich sterben, weil sie uns nicht alleine zurückließ, wir haben einander, und so wird es bleiben. Ich kann ohne Diana nicht leben und sie nicht ohne mich. Diese Worte sind wahr, sie entsprechen den Tatsachen, sind kein romantisches Gefasel.

Im Bett liegen unsere Köpfe auf demselben Kissen und wir sehen durch das Fenster den gleichen kleinen Ausschnitt vom Himmel, nach dem Regen zwitschern die Vögel wieder fröhlich, man hört aber das Wasser noch von der Decke in eine Schüssel tröpfeln. Draußen scheint schon die Sonne. Alles wird gut. Oder: Es ist alles gut.

Am einunddreißigsten März
Meine Stimmungen wechseln so schnell. Die von heute Morgen hat nicht einmal bis zum Abend gehalten.

Großmutter meckert ununterbrochen. Vielleicht meckere ich auch und merke es nicht einmal. Sie schimpft, dass alles immer teurer wird, und kündigt an, uns keine Illustrierten mehr zu kaufen.

Neulich hat sie meine Notizen weggeworfen. Aus dem Heft war ein Blatt herausgefallen, und das warf sie mit dem Müll weg. Ich habe geweint und wollte hinuntergehen, um danach zu suchen, aber Diana wollte nicht mit und ich hatte Angst, weil der Boden vor der Müllkippe immer aufgeweicht und matschig ist. Außerdem stinkt es dort fürchterlich.

Das Schlimmste ist, dass auf dem weggeworfenen Blatt Papier mein erstes Gedicht stand. Und jetzt erinnere ich mich nicht mehr genau, wie es ging …

Immer zusammen, ein verbundenes Paar.
Trauriges durch zwei geteilt, Träume getauscht ohne Scham.
Die Nacht flicht eine alte Mär in unser Haar,
wir kämmen es durch mit gemeinsamem Kamm …

So ungefähr. Es gab noch eine zweite Strophe, die fällt mir aber nicht mehr ein. Darüber könnte ich gleich wieder weinen …

Heute früh bin ich wie gelähmt aufgewacht, ich hatte einen entsetzlichen Traum, von dem ich nicht einmal am helllichten Tag erzählen mag. Wahrscheinlich hatte ich noch meine Abendlektüre im Kopf, zumindest habe ich fast genau das geträumt, was ich vor dem Einschlafen gelesen hatte … Gemeinsam mit Diana kann man so etwas nicht lesen. Entweder bricht sie in Lachen aus oder sie schlägt mir das Buch aus der Hand … Da sie sich aber jetzt nur noch mit ihrem Tagebuch beschäftigt, fühlte ich mich etwas freier … Ich wollte mir die Seite noch einmal ansehen, hielt es aber kaum aus … schamrot griff ich nach einer Illustrierten, schlug sie auf und blätterte darin, ohne genau hinzusehen, denn die Szene aus dem Buch wollte mir nicht aus dem Kopf gehen … Sie verfolgte mich bis in den Traum. Ich spürte deutlich, wie mich jemand berührte, als würde nicht die Frau im Buch gestreichelt werden, sondern ich …

Am Morgen sagte Diana ganz grob zu mir, ich solle aufhören zu träumen. Als würde sie selbst nie träumen.

Dianas Tagebuch

1. April
Wenn man sich zu sehr auf etwas freut, wird man meist enttäuscht. Aber warum ist das so?

Ich hatte so große Lust auf Fleisch, dass ich den ganzen Monat lang nur noch auf Großmutters Rente und auf Zaza gewartet habe, ich wollte unbedingt ein Schnitzel essen. Einmal habe ich eines im Fernsehen gesehen, es sogar gerochen, ja, mir ist tatsächlich sein Duft in die Nase gestiegen!

Endlich war der Fleischtag. Die Schnitzel schmeckten gut, nicht versalzen, aber in diesem Moment hatte ich überhaupt keinen Appetit. Ich stocherte lustlos auf meinem Teller herum, als würde man mich zwingen zu essen … Das passiert mir immer, ich hasse das! Wenn ich mir etwas zu sehr wünsche und mich lange darauf freue, mich in Geduld übe und brav die Tage zähle, gibt es später nur Enttäuschung. Wann habe ich bloß das letzte Mal etwas Schönes erlebt?

Heute habe ich Großmutter ganz genau beobachtet und weiß jetzt mit Sicherheit: Sie liebt Lina mehr als mich!

Immer wenn bei uns etwas Gutes auf den Tisch kommt, sei es Fleisch, Käse oder Kuchen, legt sie ein größeres Stück auf Linas Teller. Und Lina tut, als würde sie nichts merken … Na ja, auf die paar Bissen mehr oder weniger kommt es nicht an, aber Großmutters Getue macht mich rasend! Irgendwann werde ich ihr sagen, was ich davon halte! Woher nimmt sie das Recht, uns unterschiedlich zu behandeln? Sie weiß doch, dass wir eins sind, ich bin Lina, und Lina ist ich! Wann begreift sie das endlich?

Trotzdem sehe ich Mutter viel ähnlicher! Ich habe einen längeren Hals, ein feineres Gesicht und außerdem auch noch ihre mandelförmigen Augen. Manchmal kommt mir meine Nase zu groß vor, aber wenn ich sie mithilfe von zwei Spiegeln betrachte, ist sie gerade richtig … Lina und ich, wir haben die gleiche Nase, schmal und gerade … Wenn ich mir Lina von der Seite ansehe, finde ich ihre Nase gar nicht so schlimm, im Gegenteil. Mutter hatte auch so eine, und sie stand ihr ausgezeichnet …

Linas Tagebuch

Am ersten April
Warum schmeckt die letzte Nuss eigentlich immer bitter? Man denkt: »Oh, schade … jetzt kommt die letzte«, beißt hinein und ausgerechnet die ist schlecht und verdirbt einem die ganze Freude.

Zu Neujahr machen wir immer *Gosinaki* mit Honig und Walnüssen. Ich liebe Nüsse, wichtig ist, dass sie nicht ranzig sind, das hasse ich.

Einmal haben wir auch *Tschurtschchelas* gemacht. Zuerst fädelten wir die Nüsse auf. Dann tauchten wir sie in aufgekochten dickflüssigen Traubensirup und hängten die Nussketten zum Trocknen an den Schrank. Das hat richtig Spaß gemacht. Die Großmutter ärgerte sich, weil wir den Fußboden mit Saft bekleckerten. Ihr war es um den Traubensaft leid.

Sie hatte das Glas Traubensirup von einer alten Freundin aus der Stadt bekommen. Nachdem die Frau gestorben war, bekamen wir keinen Nachschub und konnten keine

Tschurtschchelas mehr machen. Einmal brachte uns Zaza ein Stück, aber er war betrunken und aß es schließlich selbst auf.

Ich habe Hunger auf etwas Süßes.

»Ich brauche etwas gegen Erinnerungen«, dachte Rostom, nahm die Tabletten aus der Hand der jungen Assistenzärztin und schluckte sie gehorsam. Sie sagte, er hätte Glück gehabt und könnte in ein paar Tagen entlassen werden, auf keinen Fall sollte er aber weiterhin rauchen oder Alkohol trinken.

Die Nächte im Krankenhaus waren unruhig. Immerzu wachte er auf. Jedes Einschlafen war begleitet von Erinnerungen: seine erste Liebe, Elas Gesichtszüge, ihr schlanker Körper, ihre leicht gebeugten Schultern … In der dritten Nacht mischte sich die Studentin plötzlich dazu und sein verwirrter Verstand stattete ihr längliches Gesicht mit Elas geschmeidigem Körper aus.

Linas Tagebuch

Am vierten April
Heute war Großmutter nicht zu Hause, und im Fernsehen lief einer der Filme, den – wäre sie daheim gewesen – wir nie hätten schauen dürfen. Wir saßen beide ganz nah vor dem Bildschirm. Ich hatte Angst, Großmutter könnte jederzeit kommen, und bei jedem Geräusch blieb mir fast das Herz stehen. Obwohl mein Puls viel schneller war als sonst. Ein seltsamer Zustand, als schämte ich mich für die Frau im Fernsehen. Ich kann mein Gefühl nicht genau

beschreiben … Einerseits fürchtete ich, von Großmutter erwischt zu werden, andererseits breitete sich eine unbekannte Wärme in meinem Bauch aus. Diana beobachtete mit düsterem Blick, wie sich der Mann und die Frau mit ihren Zungen berührten. Dann knöpfte der Mann der Frau die Bluse auf und ihre Brüste wurden sichtbar. Mir stockte der Atem. Zu der Wärme in meinem Bauch gesellte sich ein Kribbeln … Ihre Brüste waren rund, größer als unsere, und der Mann küsste sie, er benahm sich dabei mehr … wie ein Kind, wie ein kleines Baby, das an der Brust der Mutter saugt … In dem Moment legte mir Diana ihre Hand vor die Augen, sie wollte nicht, dass ich so etwas sah. Das fand ich ungerecht und wir fingen an, uns zu schlagen, Diana lachte … Plötzlich stand Großmutter im Zimmer. Durch unseren Streit hatten wir ihr Kommen überhört und auf einmal war sie direkt vor dem Fernseher. Wir erstarrten, aber auf dem Bildschirm war nur eine Straße zu sehen und Großmutter hatte nichts mitbekommen. Wir hatten Glück.

Vor dem Einschlafen dachte ich daran, wie der Mann an der Brust der Frau gesaugt hatte. Und mein Bauch spannte wieder, mein Herz klopfte wie wild. Plötzlich brüllte mich Diana an, ich solle sie schlafen lassen.

Dianas Tagebuch

5. April
Großmutter findet manchmal den einen oder anderen Mann im Fernsehen sympathisch oder gut aussehend. Dabei sehen sie alle ganz schrecklich aus … Von sich selbst behauptet sie auch, schön gewesen zu sein. Auf dem Foto,

das ich von ihr kenne, sieht sie allerdings nicht besonders gut aus! Aber unsere Mutter war wirklich schön!

Heute habe ich schlechte Laune.

Ich lese schneller als Lina und muss immer warten, bis sie die Seite zu Ende gelesen hat, damit wir umblättern können. Wenn wir ein gutes Buch lesen, kann ich es kaum erwarten, bis wir endlich mit dem Haushalt fertig sind und ich gemeinsam mit Lina weiterlesen kann. Der Fernseher steht momentan komplett unter Großmutters Fuchtel. Seit sie bettlägerig geworden ist, döst sie nur noch vor sich hin, aber sobald man das Programm umschaltet, wacht sie auf und schimpft. Ansonsten geht es ihr schlecht, man kann geradezu mitansehen, wie sie immer schwächer wird … Keine Ahnung, wie sie das machen will, wenn ihre Rente kommt. Sie sagte, sie würde Zaza ihren Ausweis geben, vielleicht kann er das Geld holen …

Hin und wieder, ohne bestimmten Grund, fängt mein Herz an zu rasen. Das ist ganz seltsam. Als würde es gleich vor Erwartung und Aufregung platzen. Dabei gibt es nichts Besonderes, worauf ich mich freuen würde. Dann wieder bin ich ganz ruhig, wie die Natur vor starkem Regen. Das Herzrasen kommt vermutlich von der Angst. Wovor? Alles, was man nicht kennt, jagt einem doch Angst ein.

Im Fernsehen lief heute ein Schönheitswettbewerb. Am Anfang fand ich den lustig, aber plötzlich kippte meine Stimmung und ich fing an, all die makellosen Frauen zu hassen … So nennt man sie doch – makellos. Sie standen da, zeigten dem Publikum ihre beste Seite, lächelten die Jury an. Was sie alles ihrem Aussehen geopfert haben müssen, wie viel Qual und Hunger, wie viele medizinische Eingriffe haben sie wohl eingesteckt. Es kommt auf jeden

Zentimeter an. Wie bei den Schnittmustern in unseren Illustrierten. Lina sammelt sie, ein paarmal haben wir auch nach ihnen genäht … Die Frauen sehen alle gleich aus, wie in eine Schablone gepresst. Am liebsten hätte ich geweint, so leid taten sie mir auf einmal. Aber als ich versucht habe, mir vorzustellen, wie es wäre, morgens aufzuwachen und aus dem Bett zu springen, ohne auf jemand anderes angewiesen zu sein, eine Dusche zu nehmen und den eigenen Körper einzuseifen, sich über das eigene Spiegelbild zu freuen und darüber, von allen Menschen gemocht zu werden … da tat ich mir auf einmal selbst leid. Wie gerne wäre auch ich eine solche Muster-Frau, makellos und von allen geliebt. Es ist schrecklich, wenn man nichts ändern kann.

Linas Tagebuch

Am fünften April
Heute schaute ich mir meine Finger genau an, einer tut weh und ist gerötet, er hat eine Druckstelle. Noch nie habe ich so viel geschrieben, der Kugelschreiber drückt gegen den Mittelfinger. Seit Großmutter krank ist, bekommen wir keinen Unterricht mehr. Wie lange brauchen wir den eigentlich noch? Und wozu soll er überhaupt gut sein? Lesen können wir sowieso, Bücher sind unser Trost.

Die Bücher gibt es einmal im Monat als Beilage zu den Illustrierten, die wir immer kaufen. Zwar kostet uns das zwei Lari mehr, aber Großmutter erlaubt das. Es ist eine Reihe, in der Werke von Nobelpreisträgern abgedruckt werden. Gerade lesen wir ein besonders interessantes Buch. Die Autorin ist eine alte Frau und sie schreibt darüber, dass es am Beginn der Welt nur Frauen gegeben hat. So wie in unserem Haus – ich, Diana und Großmutter. Und unsere Mutter auf dem Foto.

Die Frauen wurden von Meereswellen schwanger, sie lebten in Höhlen, ließen sich jeden Tag im Wasser treiben und waren glücklich … Genau so, wie ich es haben möchte! Ich wünschte, wir lebten an einem solchen Ort. Das Schwimmen würde uns sättigen, das Wasser würde uns schwängern! Wir würden Kinder bekommen, Diana und ich, so wie Mutter uns bekommen hatte! In diesem Buch kommen keine Väter vor, besser gesagt, am Anfang soll es auch keine Väter gegeben haben … alles war harmonisch und synchron … erst mit den Männern tauchten Unstimmigkeiten und Probleme auf …

Manchmal glaube ich, dass uns Großmutter hierhergebracht hat, um uns vor der Welt zu schützen. In unserem kleinen, ruhigen Haus geht es uns vermutlich besser. Sie sagt, man möchte immer woanders sein, als man gerade ist. Vielleicht zieht es uns deswegen nach draußen, und vielleicht ist das gar nicht gut. Draußen ist es gefährlich.

Menschen bringen sich gegenseitig um. Tagtäglich. Man sieht es im Fernsehen, dort sieht man die Toten.

Rostom hatte sich von Ela – so wurde Elene von ihren Freunden genannt – vor siebzehn Jahren getrennt, gleich nachdem sie schwanger geworden war. Eigentlich hatte er sie geliebt, sie passte nur nicht in seine Familie. Die hätten sie nie akzeptiert.

Wenn sie zusammen spazieren gingen, hatte er Angst, Verwandte oder Bekannte zu treffen, obwohl ihm die neidischen Blicke der Passanten durchaus schmeichelten. Sogar Frauen sahen Elene hinterher. Es gab Momente, da wollte Rostom Elene unbedingt seinem Vater vorstellen … Dann aber fiel ihm seltsamerweise der alte, riesige Schrank im Flur ein, in dem die große Bibliothek seines Großvaters, des ehrwürdigen Mitglieds der Akademie der Wissenschaften, aufbewahrt wurde. Angesichts dieser Bücher schien es in seiner Familie keinen Platz für ein Mädchen zu geben, das ohne Vater aufgewachsen war und einen Minirock trug. Außerdem hätte er dem strengen, enttäuschten Blick seiner Mutter nicht standgehalten. Umso leichter fiel es ihm, durch den offenen, von einem holzgeschnitzten Balkon umsäumten Innenhof in Elenes Haus zu schlüpfen. Die neugierigen Blicke von Elenes Nachbarn beachtete er nicht, diese Menschen waren anders, verkehrten in anderen Kreisen … Hier kannte ihn keiner. Außerdem brauchte er beim Liebemachen nur auf die Pausenklingel der gegenüberliegenden Schule zu achten. Elenes Mutter arbeitete dort als Lehrerin und Rostom verließ die kleine Wohnung mit der niedrigen Decke immer kurz bevor sie nach Hause kam.

Im Laufe der folgenden Jahre kamen Rostom die unterschiedlichsten Geschichten über Elene zu Ohren. Sie soll Selbstmord begangen, Zwillinge zur Welt gebracht und sie gleich nach der Geburt weggegeben haben, manche erzählten, sie habe gut geheiratet, manche wiederum, dass weder sie noch das Baby die Niederkunft überlebt hätten. Einmal hörte er sogar, Elene habe Außerirdische geboren.

Im Krankenhaus kam ihm all das wieder in den Sinn. Die Erinnerungen bohrten sich durch die zugemauerten Schichten seines Gedächtnisses wie Grashalme durch den Asphalt.

Linas Tagebuch

Am siebten April
Keine Zeit mehr zum Schreiben. Großmutter kann das Bett nicht mehr verlassen. Wir kümmern uns um sie. Diana schafft es noch zu schreiben, aber ich bin so erschöpft, dass ich für das Tagebuch keine Kraft mehr habe. Alles hängt an uns ... Möge sie bald wieder gesund werden!

Dianas Tagebuch

7. April
Ich verstehe nicht, warum Großmutter uns immer so eine Angst vor Ärzten eingejagt hat. Im Fernsehen sind sie doch sehr freundlich und geben gute Ratschläge ... Neulich ging es um Migräne und ich habe begriffen, dass das der Grund für meine Kopfschmerzen sein könnte, denn auch ich kann Licht und Lärm schlecht vertragen. Allerdings kann ich bei mir fast jede Erkrankung feststellen, die im Fernsehen besprochen wird. Keine Ahnung ... Ich hasse es, krank zu sein. Um ehrlich zu sein, fürchte ich mich sehr vor Krankheiten und Schmerzen. Darum tut mir die Großmutter so leid.

An manchen Tagen sind wir so müde, dass wir kaum noch stehen können. Großmutter schafft es nicht mehr alleine auf die Toilette. Schüssel, Plastiktüten, alte Lappen, Wachstischtuch ... langsam fällt uns nichts mehr ein, was wir noch verwenden könnten. Anfangs tat es Lina um ihre Tauchschüssel leid, aber dann meinte sie selbst, sie wäre größer als die andere und wir sollten sie doch nehmen.

Manchmal erbricht Großmutter so viel, dass die kleine Schüssel nicht ausreicht. Wer würde hier noch tauchen oder Spaß haben wollen … Alles ist so sinnlos. Mit dem Lesen klappt es auch nicht mehr, ich finde kaum noch Zeit zum Schreiben.

9. April
Alles so grauenvoll, eine echte Tortur! Offensichtlich sind wir früher doch glücklich gewesen … Großmutter wird nie wieder die Alte … da brauchen wir uns nichts vorzulügen! Sie wird nie wieder das Bett verlassen, nie wieder gesund werden … Ich möchte wissen, was ihr wirklich fehlt. Warum kann sie nicht sagen, dass sie stirbt? Woran merkt man eigentlich, wenn jemand stirbt? – Ein Arzt würde es vermutlich merken … Ich wünschte, wir könnten es auch.

Unser Leben ist so schrecklich geworden, dass ich mir manchmal ausmale, ich werde gleich aufwachen und merken, dass das Ganze nur ein Albtraum war … Aber wie soll man aufwachen, wenn man nicht mehr zum Schlafen kommt? Zuerst konnte ich wegen Großmutters Stöhnen nicht einschlafen, das hat sich aber nach und nach gelegt, jetzt schlafe ich vor lauter Müdigkeit nicht mehr ein. Müsste es nicht umgekehrt sein? Wir rackern uns richtig ab, Lina und ich. Nur Großmutter liegt ruhig da, ohne zu stöhnen, scheint also auch keine Schmerzen mehr zu haben.

13. April
Etwas Seltsames geht mit mir vor. Ich bin selbst verwundert darüber, kann es weder beschreiben noch erklären … Wenn ich nicht gerade Großmutters besudelte Wäsche wechseln muss, macht es mir Spaß, sie zu pflegen, ihr Medikamente

zu geben oder sie mit dem Löffel zu füttern, ihr nach Wunsch, den Fernseher ein- oder auszuschalten, und sie daran zu erinnern, dass sie jetzt schlafen soll. Wir erledigen die Hausarbeit, bereiten das Essen vor, sie isst inzwischen aber kaum noch etwas, höchstens etwas Brei oder ein Stück Brot, das wir in Suppe tunken. Manchmal spuckt sie alles gleich wieder aus und man muss sie umziehen. Trotzdem empfinde ich sogar etwas wie Zufriedenheit dabei.

Dieses zärtliche Gefühl für Großmutter kam bei mir erst auf, als sie schon ganz zerbrechlich und auf uns angewiesen im Bett lag. Ich habe vor ihr keine Angst mehr. Ist das Liebe? Ist das der Grund, warum man kleine Kinder liebt? Oder ist es nur Mitleid? Eigentlich spielt es keine Rolle, wie das heißt. Auch wenn ich mich nur deswegen so gut fühlen sollte, weil ich sie in der Hand habe, weil sie ohne uns nicht einmal das Bett verlassen oder etwas essen kann. Wie wichtig sind wir auf einmal geworden, Lina und ich! Jetzt hängt ein ganzes Menschenleben von uns ab!

Vielleicht kann man nur dann Liebe empfinden, wenn man sich der eigenen Bedeutung bewusst geworden ist.

16. April
Großmutter fragt immer wieder nach der Uhrzeit. Keine Ahnung, wie sie darauf kommt. Wozu muss sie wissen, wie spät es ist? Ich antworte meist, ohne auf die Uhr zu schauen … Auch heute früh wollte sie keine Ruhe geben: »Es ist bald zehn«, sagte ich. Eine Weile blieb sie still, dann erwiderte sie rätselhaft: »Nicht dort, sondern hier!« Ich verstand nicht, was sie meinte. Dann drehte sie den Kopf zur Seite und starrte mit ihren trüben, eingefallenen Augen auf die Bäume vor dem Fenster. Sie wird nie wieder gesund, das weiß ich. Für

sie gibt es schon ein Hier und ein Dort, ein Diesseits und ein Jenseits, die knapp bemessene Zeit hier und die Zeitlosigkeit dort …

Gibt es überhaupt dieses »Dort«, oder wie sie immer gesagt hat, ein »Jenseits«? Für mich nicht …

Für Lina bestimmt.

Linas Tagebuch

Am neunzehnten April

Von klein auf schärfte uns die Großmutter ein: »Schlaft brav, sonst kommt ein Arzt, seid still, sonst wird euch ein Arzt holen.« … Immer diese Ärzte! Nur beim Essen kamen sie nie vor, vielleicht weil wir nie genug zu essen hatten. Aber auch als wir schon groß waren, hörte sie nicht damit auf, damit wir nicht wegliefen, nicht nach »draußen« gingen … Wollte sie uns beschützen oder hatte sie nur Angst, allein zu bleiben?

Einmal sagte Zaza zu ihr: »Warum jagst du den armen Dingern Angst ein?« Die armen Dinger, damit meinte er mich und Diana!

Großmutter zuckte mit den Schultern: »Was meinst du mit Angst? Ist doch so. Du weißt selbst, dass man sie mitnehmen würde.«

Was würden die Ärzte mit uns machen? Wir sind doch nicht krank? Es tut uns auch nichts weh …

Wohin würden sie uns mitnehmen?

Ich habe eine furchtbare Angst vor diesen Ärzten …

Dianas Tagebuch

21. April
Manchmal kommt es mir vor, als würde es kein Draußen geben. Ähnlich wie es die Helden in Büchern, Geschichten oder Filmen nicht gibt … sie existieren und sie existieren nicht. Genauso ist es um das Draußen bestellt. Alles eine große Lüge.

Wie sollte ich an etwas glauben, das ich nicht gesehen habe? Lina ist da anders … Wenn sie im Fernsehen eine Kirche sieht, wird sie ganz still, ich merke, sie könnte glatt zu beten anfangen …

Für mich ist das zu abstrakt.

Großmutter hat uns den Unterschied zwischen konkret und abstrakt folgendermaßen erklärt:

Alles, was du anfassen kannst, ist konkret. Abstrakt ist das, was du nicht anfassen oder gar nicht sehen kannst.

24. April
Lina treibt mich in den Wahnsinn! Sie hat sich ein entsetzliches Lied ausgedacht … und trällerte es solange vor sich hin, bis auch ich es auswendig konnte … Jetzt habe ich sie endlich zum Schweigen gebracht, werde das Lied aber nicht mehr los:

Fest in der Erde verwurzelt,
die Äste zum Himmel gereckt,
zwei Teile mit verschiedenen Früchten,
hackst du sie entzwei, sind beide verreckt.

Was habe ich wem bloß angetan, um das zu verdienen?

Das letzte Mal traf Rostom Elene im Zoo. Es war ein grauer, windiger Tag. Mit ihren vom Wind zerzausten Haaren und den zusammengekniffenen geröteten Augen mit großen Pupillen sah sie wie ein erschrockenes Kind aus. Ihre Haare und Haut verströmten wie immer einen süßlichen Geruch, ihre Finger und Lippen rochen hingegen bitter nach Tabak. Sie saßen im Riesenrad.

Rostom konnte sich nicht mehr erinnern, wie genau sie es ihm gesagt hatte, er wusste nur noch, dass er die Neuigkeit dort oben erfuhr und auf der Stelle wusste, dass er kein Vater werden wollte. Der eisige Wind blies Elas stockende Worte weg, aber Rostom hörte ohnehin nicht zu.

Elene blickte nach unten. Von oben wirkte alles winzig, Häuser wie Streichholzschachteln, Straßen wie aus Pappmachee. Nur eine Sache würde nicht kleiner werden – sondern von Tag zu Tag größer.

Sie schaute auf ihren Bauch, lehnte sich über das Geländer, die Ader auf ihrer Stirn pochte. Tränen standen ihr in den Augen, kullerten von ihren Wimpern und lösten sich wie vorhin auch ihre Worte in Luft auf.

Rostom nahm ihre Hand. Er glaubte zwar nicht, dass sie sich das Leben nehmen würde, zog sie aber trotzdem mit Nachdruck auf ihren Sitz zurück. Unten angekommen blieben sie sitzen, als wollten sie noch eine Runde drehen. Aber als ihre Gondel am Ausstieg vorbeifuhr, erhob sich Rostom in letzter Sekunde doch, sprang behände über das Geländer und landete trotz ziemlicher Höhe sicher auf dem Boden. Elene stand ebenfalls auf, aber es war zu spät, um zu springen. Die Erde entfernte sich mehr und mehr … Sie blieb stehen. Starr wie eine Statue fuhr sie in die Wolken zurück …

Von oben gesehen wurde Rostom immer kleiner, bis er ganz aus ihrem Blickfeld verschwand.

Linas Tagebuch

Am sechsundzwanzigsten April
Großmutter geht es richtig schlecht! Was soll aus uns werden?

Dianas Tagebuch

5. Mai
Großmutter verwahrt Seife in ihrem Schrank. Wenn sie die Tür öffnet, riecht es angenehm. Sie hat uns zwar nie verboten, in ihrem Schrank zu stöbern, wir machten es aber trotzdem immer nur heimlich. An den Tagen, an denen sie ihre Rente holte, war der Schrank unsere wichtigste Beschäftigung. Vorsichtig drückten wir die klapprige Holztür auf, wir hatten Angst, sie könnte herausfallen.

Es war nicht viel drinnen, trotzdem erschien er uns bodenlos und voller Geheimnisse. So war das schon in unserer Kindheit … Jetzt sind wir erwachsen, doch der Schrank hat seinen Zauber nicht verloren. Den einzigartigen Duft nach Rosenblüten und altem Papier, nach Holz, Seife, Süßigkeiten und anderen unbekannten Dingen wird er nie verlieren … Ein Stapel Quittungen und irgendwelche Unterlagen liegen dort. Ein Briefumschlag mit Geld, der nie leer wird, ganz im Gegenteil! Ich wundere mich, dass Großmutter so oft sagt, wir hätten für dies oder jenes nicht genug Geld … Wozu braucht sie es denn, warum hebt sie es auf?

Auch unsere Geburtstagsgeschenke werden immer dort versteckt. Es gibt Bonbons im Schrank, die wir uns nie anfassen trauen, von denen Großmutter uns aber ab und zu eines zu naschen gibt. In einer Tüte bewahrt sie bis heute den braunen Kamm auf, mit dem sie Lina und mich unsere ganze Kindheit lang gequält hat. Sogar ein paar von unseren goldenen Haaren hängen noch darin.

In einer Schublade liegen bunte Fäden und eine Schere. Fäden gibt es auch in der Küche, aber diese hier haben aus unerklärlichem Grund ihren Platz im Schrank gefunden.

Eine kleine weiße Tüte ist mit Watte gefüllt, auf der Tüte steht rot geschrieben FRAUENGLÜCK. Jedes Mal liest Lina dieses Wort laut vor.

Immer wenn sich Großmutter in die Stadt aufmachte, besprühte sie sich mit Rosenduftwasser, sie träufelte sich ein paar Tropfen auf die Handflächen, verrieb sie zwischen den Händen und fuhr sich übers Haar und über ihre Kleider. Parfüm haben wir noch nie bekommen. Einmal schenkte sie uns ein Shampoo, das nach Blumen roch, aber echtes Parfüm kennen wir nur aus der Werbung …

Als wir noch Kinder waren, griff Großmutter, nachdem sie sich mit dem Rosenduftwasser parfümiert hatte, nach ihrem Morgenmantel und zog den Gürtel heraus. Ich hielt jedes Mal den Atem an, Lina flennte. Mit dem Gürtel band sie uns ans Tischbein fest, gab uns etwas zu spielen, sah sich um, ob nichts Gefährliches in unserer Reichweite lag, und ging. Ich weinte nicht, ich war wütend. Lina vergaß ihre Traurigkeit schnell, und bis Großmutter zurückkam, war sie schon wieder fröhlich. Ich aber konnte meine Wut lange nicht vergessen, vielleicht ist sie noch heute da …

Inzwischen weiß ich, dass man kleine Kinder nicht ohne Aufsicht lassen darf, werde aber trotzdem dieses Gefühl nicht los … Diese Demütigung verzeihe ich ihr nie … Manchmal denke ich, Großmutter ist schuld an unserem Unglück … Gefühle sind wichtiger als das, was wirklich geschieht …

Kurz vor seiner Entlassung hörte Rostom im Flur ein paar Krankenschwestern tuscheln.

»Er soll der Vater der beiden gewesen sein.«

»Was sagst du da? Woher willst du das wissen?«

»Pst, er kommt!«

Sie lächelten Rostom unschuldig an. Einen Moment lang dachte er, sich verhört zu haben.

Gedankenverloren lief er durch die Straßen. Es nieselte. Menschen hasteten geduckt an ihm vorbei. Rostom fühlte sich auf einmal hilflos. »Was haben wir heute für einen Tag?«, überlegte er und sah auf die Uhr. Es war Nachmittag, aber in seiner Wohnung war es bereits dunkel. Er machte das Licht an und als Erstes sprang ihm das Bild seiner Mutter ins Auge. Es hing schief, Rostom rückte den Rahmen zurecht. Dann fuhr er mit dem Zeigefinger darüber, um den Staub zu entfernen. Auf einmal fiel ihm ein, dass heute der Geburtstag seiner Mutter war. Er holte eine Flasche Schnaps aus dem Schrank, starrte sie eine Weile unschlüssig an, bevor er sie doch wieder zurückstellte.

»Ich darf ja nicht …«, sagte er zum Bild, als wollte er sich rechtfertigen, und seufzte tief.

Elene und seine Mutter hatten nichts gemeinsam – abgesehen von ihrem Geburtsdatum …

Linas Tagebuch

Am siebten Mai
Großmutter geht es ganz, ganz schlecht! Ich wollte nur kurz sagen … ich meine, schreiben … dass … Oh Gott, lieber Gott, bitte, hilf uns!

Am zehnten Mai
Es scheint ihr ein kleines bisschen besser zu gehen, aber sie ist richtig gealtert in dieser Woche …

Sie liegt nur da. Ist so dünn geworden … Kann das Bett nicht mehr verlassen.

Zum ersten Mal haben wir keine rotgefärbten Ostereier. Sogar die Osterfeier ist an uns vorbeigegangen, erst aus den Nachrichten haben wir von ihr erfahren …

Am zwölften Mai
Nichts passiert … Alles ganz still …

Am dreizehnten Mai
Ich bin todmüde. Schreiben kann ich auch nicht mehr …

…

…

…

…

Am siebzehnten Mai
Es ist so still geworden ... Ich dachte, ich sei Stille gewöhnt. Anscheinend nicht ... Es ist gruselig!

Nun ist alles zu Ende.

Gott, warum hast du uns verlassen?

Dianas Tagebuch

17. Mai
Es ist furchtbar, fremdes Weinen zu hören! Ich hasse das, wenn andere weinen! Das ist bestimmt Lina, wer sonst?

Großmutter hat nie geweint ...

Im Fernsehen finde ich Weinen nicht so schlimm, es geht in der Regel auch schnell vorbei. Lina weint pausenlos!

... Das Schreiben fällt mir schwer. Ich gebe mir Mühe und habe trotzdem kaum etwas zu sagen.

... ich könnte über alles reden, nur nicht über Großmutter.

... Stimmt nicht, es gibt nichts, worüber ich jetzt sprechen kann.

Als hätte ich meine Stimme verloren. Ich sitze da und sehe zu, wie sie reglos im Bett liegt und ...

... ich denke, sie lebt noch.

Rostom saß fröstelnd vor dem Fernseher. Jedes Jahr schaltete er gleich am Frühlingsanfang die Heizung aus, auch so waren die Nebenkosten hoch genug.

Einen ähnlich kalten Mai hatte es auch vor achtzehn Jahren gegeben. Die Mutter hatte zu ihrer Geburtstagsfeier ein Wollkleid angezogen.

Als die Gäste die Wohnung verließen, war es schon spät. Die Männer taumelten betrunken und laut singend durch das schlecht beleuchtete Treppenhaus, ihre festlich gekleideten Frauen stöckelten mit klackernden Absätzen hinterher. Unten angelangt erblickten sie eine junge Frau, die an der Wand lehnte. Die Frauen hakten sich bei ihren Begleitern unter und bugsierten sie rasch auf die Straße. Um Elene herum lagen zahllose Zigarettenstummel auf dem Boden, wehmütig sah sie den Freunden von Rostoms Mutter nach. Erst dann bemerkte sie Rostom, der die Gäste hinausbegleitet hatte und bei ihrem Anblick wie vom Donner gerührt stehen geblieben war.

»Was machst du hier?«

Elene schwieg.

»Stehst du schon lange da?« Rostom fasste ihre kalten Finger an. »Wenn ich nicht gekommen wäre?«

Elene wandte sich ab.

»Warum hast du mir nicht zum Geburtstag gratuliert?«, sagte sie mit brüchiger Stimme.

»Ach komm schon, sei mir nicht böse.« Rostom legte ihr den Arm um die Schultern.

Oben im Treppenhaus ging knarrend eine Tür auf.

»Rostom?« Die barsche Stimme seiner Mutter brachte Rostom durcheinander, instinktiv zog er seinen Arm zurück.

»Ja, ich hole noch ein paar Flaschen Borjomi-Wasser.«

Die Tür ging wieder zu.

»Ich komme morgen zu dir«, sagte Rostom leise.

»Warum?« Elene bekam feuchte Augen.

»Was ist los? Für dich ist der Geburtstag doch nicht so wichtig … Du sagst immer, solche Anlässe spielen keine Rolle, oder?«

»Und wenn ich gesagt hätte, dass mir mein Geburtstag wichtig ist?« Elene sah ihn unverwandt an.

»Hätte ich gewusst, dass du hier bist, wäre ich schon …«

»Wärst du zu meinem Geburtstag gekommen?«, fiel sie Rostom ins Wort.

Seine Antwort ließ auf sich warten. Mit schnellen Schritten verließ Elene das Haus. Nur der süßlich-bittere Duft, der Rostom immer aufs Neue den Kopf verdrehte, blieb zurück.

»Ja!«, rief er ohne es zu wollen und lief ihr hinterher. »Warte!«

Das Licht der Straßenlaterne zog Elenes Schatten in die Länge. Ihre an sich schon langen, schlanken Beine sahen spindeldürr und ellenlang aus. Rostom holte den verzerrten Frauenschatten ein.

»Rostom?« Die Stimme seiner Mutter zerschnitt die nächtliche Stille.

»Wir sehen uns morgen«, flüsterte er Elene zu und kehrte um.

Dianas Tagebuch

Aller Wahrscheinlichkeit nach 20. Mai
Wie viel Zeit wohl schon vergangen ist … ich habe die Tage nicht gezählt. Wir müssen etwas unternehmen. Zaza geht nicht ans Telefon. Wir rufen ihn seit zwei Tagen auf dem Handy an, vielleicht schon seit drei Tagen?

Linas Heulen hat mich verrückt gemacht.

Jetzt hat sie angefangen zu schreiben, hoffentlich heult sie nicht mehr!

Linas Tagebuch

Am zwanzigsten Mai etwa
Ein Körper ohne Seele, wie schrecklich …

Großmutters Seele streifte ihren Körper wie ein Kleid ab, warf ihn wie einen abgetragenen, zerknitterten Stofffetzen aufs Bett und ging fort.

Wenn ich weine, kann ich nicht schreiben, aber ich kann nicht aufhören zu weinen. Meine Tränen fließen sogar im Schlaf.

… Jetzt ist auch das Papier nass. Diana weint nicht. Ich glaube, die Tränen, die ich vergieße, sind auch ihre Tränen.

An jenem Tag fühlte sich die Morgendämmerung seltsam kühl an und ich ahnte sofort, dass die verdammte Stille ein böses Omen war. Es war keine gewöhnliche Stille, sie war leer und kalt … wir standen auf, wollten nach Großmutter sehen, aber … vor lauter Furcht weigerten sich unsere Beine, uns zu tragen. Wie eine Salzsäule standen wir da, wir konnten keinen Schritt gehen, so etwas war uns noch nie passiert. Wir wussten, dass sie nicht schlief … Keine Ahnung, woher … vielleicht weil ihr Mund offen stand und ihre Zahnprothese herausgefallen war oder weil ihr rechtes Auge nicht ganz geschlossen war. Ich weiß nicht genau, woran man ihren Tod am deutlichsten bemerken konnte … »Großmutter!«, rief Diana heiser. Die grausame Stille verschluckte alle Geräusche, kein einziger Ton war aus dem Garten zu hören, sogar der Fluss schwieg. Dann streckte ich die Hand aus und … diese Berührung … Mein Gott, wie schrecklich fühlt sich ein Körper an, wenn die Seele ihn verlassen hat! … Wie ein Haufen Knochen, von einem Lappen umwickelt … unbewohnt, leer … und gleichzeitig noch warm. Die vom Körper gespeicherte Wärme! Die verdammte Körpertemperatur! Sie machte mich glauben, Großmutter wäre noch am Leben, und ich schrie: »Oma!!!« Großmutter hielt mit einer Hand die Decke fest, wahrscheinlich hatte sie sich mit ihrer ganzen Kraft am Leben festgekrallt … Als ich die Decke aus ihrem Griff befreien wollte, schloss sich ihre Faust plötzlich um meine Finger. Ich dachte, sie lebte noch, und schrie »Oma, liebe Oma!« Diana fauchte mich an: »Sei doch still!«, und fügte heiser hinzu, »Es ist alles vorbei«.

Reglos lag Großmutter da, noch warm und von ihrer Seele verlassen …

Jetzt weiß ich, wie der Tod aussieht. Der Tod ist das Ende.

Am einundzwanzigsten Mai

Großmutter hat uns beigebracht, das Wesentliche an einem Substantiv ist seine Eigenschaft, als Abstraktum oder Konkretum aufzutreten, als Eigenname, Gattungsname, Stoffname oder Sammelname, im Singular oder im Plural, als Ding oder Lebewesen.

Sie hat uns so viel beigebracht, nur das Wesentliche nicht …

Nie hat sie uns gesagt, dass ein Substantiv gleichzeitig als Eigenname und als Gattungsname vorkommen kann. Für uns bezog sich das Wort Großmutter immer nur auf sie, von der Existenz anderer Großmütter hatten wir keine Ahnung … Wir haben nie eine andere Frau gesehen, ob jünger oder älter, schöner oder hässlicher, dicker oder magerer … Für uns war Großmutter Eigenname, Gattungsname und Sammelname in einem, selbstredend nur im Singular. Sie war auch ein Konkretum, weil wir sie anfassen konnten, aber wir haben sie nie angefasst, erst als sie krank wurde.

Ebenso wenig hat auch sie uns angefasst: Seit wir keine Kinder mehr waren, hat sie uns weder die Haare gekämmt noch uns an den Haaren gezogen, nicht einmal eine Kopfnuss hat sie uns gegeben und uns schon gar nicht gestreichelt, das hat sie aber auch vorher nie gemacht.

Großmutter hat uns auch nicht beigebracht, dass ein Substantiv gestern ein Lebewesen und heute ein lebloses Ding sein kann … Dass es noch vor ein paar Stunden ein Substantiv war, dann aber in einen Zwischenraum verschwand und zu einer Art Empfindungswort wurde. Sind denn all die »Achs« und »Ochs«, die mir in den letzten Tagen immer wieder herausrutschten, nicht dazwischengeworfene Empfindungsworte?

Interjektion als Einschub zwischen Diesseits und Jenseits …

Dianas Tagebuch

21. Mai
Die letzten zwei Tage geht es nur noch auf und ab. Damit muss endlich Schluss sein, es bringt nichts, sich zwischen den Wänden hin- und herzuwerfen, das Leben gerät sonst ins Stocken.

Beim Aufwachen denke ich immer, dass alles noch beim Alten ist. Die Erinnerung an das Geschehene fehlt. Mein Verstand wischt sie weg, nur mein Körper ahnt, was geschehen ist, denn etwas drückt mir auf die Kehle, schnürt sie zu! Manchmal weine ich gleich los, manchmal muss ich mich übergeben. Erst dann kommt mir der Gedanke: Großmutter ist tot. Tot. Tot!

Alles aus!

Was hat sich geändert? Das Haus ist nicht eingestürzt, auch die Zeit ist nicht stehen geblieben, wir haben immer noch Strom und fließendes Wasser. Der Fluss ist da. Die Bäume im Garten auch. Wir wachen zwischen den gleichen vier Wänden auf. Großmutter war alt und ist gestorben …

Doch, etwas hat sich geändert – das Haus, die Luft … Alles ist leerer geworden. Als hätte man Lina und mir den Boden unter den Füßen weggezogen. Wir haben uns seitdem nichts zu essen gekocht. Ich glaube, das werden wir auch nie wieder tun. Selbst wenn wir wollten, wir haben keine Lebensmittel mehr. Seltsam, wenn es keinen gibt, der etwas von uns braucht, wenn man für niemanden etwas tun muss. Da könnte man auch gleich aufhören zu leben. Ich glaube, Menschen existieren durch andere Menschen, sie sind füreinander da. Nicht einmal Liebe braucht man dazu …

Linas pausenloses Weinen macht mich wahnsinnig, aber sie lässt damit scheinbar auch für mich Druck ab. Gestern empfand ich für ein paar Minuten tiefe Ruhe. Wir saßen am Kopfende von Großmutters Bett und betrachteten sie lange. Wie klein sie geworden war! Ob das etwas zu bedeuten hat? Schrumpft man, bevor man stirbt? Wir wurden immer größer, sie wiederum kleiner … in den letzten Monaten war sie tatsächlich nur noch so groß wie ein Kind.

Wir blieben lange bei ihr sitzen, fast bis zum Morgengrauen.

Sie zu pflegen hat sehr an meinen Kräften gezehrt … An manchen Tagen wünschte ich mir sogar, dass diese Schufterei endlich ein Ende haben würde. Wie leid mir das jetzt tut! Ich würde sie liebend gerne mein ganzes Leben lang weiter pflegen … Wie schwer es mir fällt, darüber zu schreiben …

Meistens schreibe ich, damit es mir besser geht, jetzt ist es genau umgekehrt. Als würde mir etwas die Kehle zudrücken, sie zusammenschnüren …

Heute Abend will ich mir Mühe geben und alles aufschreiben. Das ist wichtig. Erstaunlich, wie sich die Gedanken bereits lange vor dem Schreiben zu druckreifen Sätzen formen, jedoch wenn ich dann am Tisch sitze, machen sie sich aus dem Staub und verschwinden auf Nimmerwiedersehen …

Erst jetzt wird mir klar, wie sehr mir das Nachdenken über meine Tagebuchnotizen geholfen hat, die letzte Zeit durchzustehen. Es hat meinen Gedanken eine andere Richtung gegeben – mein Herz sprechen lassen. Tagebuch schreiben heißt, das eigene Leben aus einem anderen Blickwinkel zu betrachten, es von außen zu beschreiben. Als wäre man jemand anderes …

Allerdings hilft das jetzt auch nicht mehr. Es geht mir schlecht, ich ringe nach Luft.

Das Schreiben ist wie ein Spiel, man spricht von sich, als wäre man jemand anderes. Jedoch wie alle Spiele ist auch dieses Spiel nur Schein. Hört man damit auf, hat man das gleiche Problem vor sich wie zu Beginn, ein Problem, dem man nicht entkommen kann und das den Namen Leben trägt, das glücklose Leben von Lina und Diana.

24. Mai

Ich denke an die Tage zurück, als Großmutter noch aufstehen und auf die Toilette gehen konnte … dass sie sterben würde, damit haben wir nicht gerechnet. Dabei waren die Vorzeichen von Anfang an klar: Wir saßen zu viert zu Hause, Lina, ich, Großmutter und der Tod. Dabei wurde die Anwesenheit des Letzteren, wie unerwünscht sie auch war, von Tag zu Tag deutlicher.

Jetzt sind zwei nicht mehr da, der Tod und Großmutter haben das Haus verlassen … Seitdem leben wir zu zweit. Soweit ging die Rechnung auf.

Aber wenn man uns nur für eine Person hält? Für ein Geschöpf oder vielleicht nur anderthalb? Oder etwa gar keines? Das wohl am ehesten … Uns gibt es für die anderen nicht … Unser einziger Zeuge ist Zaza. Aber den erreichen wir nicht, wir rufen ihn seit Tagen mit Großmutters Telefon an und er meldet sich nicht … Was ist bloß mit ihm?

Ich wollte über die Zeit schreiben, als Großmutter noch aufstehen und allein ihre Notdurft verrichten konnte. Als sie sich das letzte Mal von der Toilette zurück in die Küche schleppte, hörten sich ihre Schritte schwerer und langsamer an als sonst, ihr Schlurfen berührte mich unangenehm.

Lina und ich sahen fern und zuckten bei jeder ihrer Bewegungen zusammen. Wir hatten Angst, sie würde zu ihrer Telenovela umschalten wollen. Aber dann fiel uns auf, dass sie in Gedanken vertieft war. Sie setzte sich ans Fenster und starrte in den Himmel. Wir hatten keine Ahnung, wie elend sie sich schon gefühlt haben muss …

Nach einer Weile ging sie zurück in ihr Zimmer, machte ihren Zauberschrank auf, sah eine Weile hinein und nahm das Rosenduftwasser heraus.

»Möchtet ihr es haben?«, fragte sie mit schwacher Stimme.

»Ja!«, riefen wir und sprangen auf. Die Freude ließ uns den Film vergessen. Lange rochen wir an der rosafarbenen Flüssigkeit, sogen den leckeren, süßen Duft ein, betupften damit unsere Handgelenke wie es Großmutter immer getan hatte, lasen immer wieder, was auf dem Fläschchen stand … Schließlich verstauten wir es in unserer Tasche. Sie wurde schwerer und größer, sie gewann an Bedeutung.

Damals war uns nicht bewusst, dass das ein Zeichen war. Dass Großmutter das Rosenduftwasser nie wieder benutzen – und nie wieder in die Stadt fahren würde. Nicht einmal die Küche würde sie noch einmal betreten, uns einen anderen Fernsehkanal aufzwingen oder mit uns schimpfen, dass wir zu nah vor dem Bildschirm sitzen würden oder vergessen hätten, das Licht im Badezimmer auszumachen … Anscheinend fühlt man, wenn der Tod naht. Aber warum hat sie nichts gesagt? Uns nicht gewarnt? Damals hätten wir nicht gedacht, dass wir ihren Schrank eines Tages so einfach würden öffnen können … dass alles schlagartig seinen Sinn verlieren würde … dass sich der Schmerz in Gegenständen verstecken würde und dass aus unserem Rosenwasser ein Flakon Schmerz werden würde, ein Flakon rosafarbener, flüssiger Schmerz … dass der den Gegenständen innewohnende Schmerz unser Haus beherrschen würde. Dass aus den Streichhölzern eine Schachtel Schmerz werden würde, aus der von ihr nicht mehr eingenommenen Medizin – allerhand Pillen Schmerz, aus Großmutters Schuhen – Schmerz Größe 38, aus ihren Kleidern – Schmerz Größe 40, aus ihrem Bett – zwei Meter Schmerz mit fleckigem, einst weißem Laken und gelbem, ausgefranstem Spitzennachthemd … Statt der Suppe vom Vortag steht ein Topf Schmerzen auf dem Gasherd, im Regal reihen sich anstelle von Konfitüre Gläser mit klebrigen Schmerzen aneinander.

Schreien möchte ich, nicht weinen! Aber ich schreie nicht, dabei weiß ich gar nicht, warum ich es mir verbiete, denn Großmutter kann mich nicht mehr ausschimpfen … Es ist keiner hier, der mich zur Ordnung rufen könnte … Und

Lina hätte Verständnis, sie steht ja auf meiner Seite … Meine Schreie würden kein Blatt und keinen Baum stören.

Trotzdem bringe ich keinen Ton heraus.

Hil-fe!

Linas Tagebuch

Am sechsundzwanzigsten Mai
Diana sagte, dass wir Großmutter begraben sollten. Aber wie?

Immer noch kein Zeichen von Zaza.

Die Sonne scheint. Plötzlich ist es warm geworden. Unser Baum im Garten treibt Blüten. Auch der Fluss ist schneller und lauter geworden.

Großmutters Haut verfärbt sich. Die Luft im Zimmer ist stickig und schwer, es riecht dort komisch. Wir haben die Fenster aufgemacht. Ich fürchte mich vor dem toten Körper. Kann nur schlecht einschlafen. Ich halte Dianas Hand und versuche nicht an Großmutter zu denken.

Diana meint, tagsüber sei es fürs Graben zu heiß, wir müssten es abends machen.

Ich bin aufgeregt.

Dianas Tagebuch

26. Mai
Ich habe von Großmutter geträumt. Lina erzähle ich es lieber nicht, damit sie nicht wieder anfängt zu weinen, es fiel ihr ja schon so schwer, damit aufzuhören. Bis heute fließen bei jeder Gelegenheit die Tränen.

Sie ist so dumm! Zweimal hat sie die Notrufnummer gewählt. Hätte ich es ihr erlaubt, hätte sie tatsächlich dort angerufen. Sie muss die Nummer in irgendeiner Fernsehsendung aufgeschnappt haben …

Denken ist nicht so ihre Stärke … Sie hat nur Stroh im Kopf, kein Hirn! Sie wirft sich vor, dass wir keinen Arzt gerufen haben. Sie begreift nicht, welcher Gefahr sie damit sich selbst … und auch mich ausgesetzt hätte!

Heute müssen wir Großmutter begraben, die Zeit drängt.

Linas Tagebuch

Am siebenundzwanzigsten Mai
So ein Muskelkater! Ich kann kaum schreiben. Wir haben die ganze Nacht kein Auge zugemacht. Als wir zurückkamen, mussten wir uns gleich hinsetzen, so schwach waren wir. Nach den Erlebnissen der letzten Stunden hätten wir sowieso nicht einschlafen können.

Die ganze Nacht gegraben! Mein Gott, was war das? Schon die Gemüsebeete umzugraben, fand ich immer viel zu anstrengend … Je tiefer man gräbt, desto schwerer lässt sich die Erde ausheben.

Um Mitternacht sagte Diana: »So schaffen wir das nie, wir müssen uns etwas anderes einfallen lassen.«

Sie klang so entschlossen, dass ich dachte, sie hätte schon eine Idee, aber … sie sagte nichts. Nach einer Weile standen wir also wieder auf und gruben weiter. Dann sagte sie das Gleiche noch einmal und schwieg wieder. Erst beim dritten Mal begriff ich, was genau sie meinte … Die Müllkippe auf der anderen Seite des Hügels vor unserem Haus sollte die

Lösung sein … Wir müssten Großmutter nur hinschleppen und dann hinunterrollen lassen … Ich bekam es mit der Angst zu tun! Am liebsten wäre ich im Erdboden versunken. »Das dürfen wir nicht!«, rief ich verzweifelt und Diana schrie mich an: »Dann grab schön weiter! Und halte den Mund.« Also packte ich mit an und grub weiter, aber an manchen Stellen kam man mit dem Spaten nicht richtig in die Erde. Es war kalt und uns gefror der Schweiß auf der Stirn. Wir hatten keine Kraft mehr.

»Wir sollten eine Pause machen«, rutschte mir heraus. Da brüllte Diana, ich würde alles nur komplizierter machen, Großmutter würde sowieso nichts mehr fühlen, der wäre es doch egal.

Ich weiß, dass Tote nichts mehr fühlen. Für einen Moment dachte ich, Diana habe recht, wir würden es nie schaffen, ein ausreichend tiefes Loch zu graben.

Aber ihr Vorschlag … die Müllkippe …

Ich konnte meine Tränen nicht zurückhalten. Diana war ganz außer sich und schrie, man könnte mich für nichts außer heulen gebrauchen, so dumm wäre ich.

»Aber da kommt doch unser Abfall hin …«

Ich versprach ihr, den Mund zu halten. Aber Diana hörte mir nicht mehr zu, sie schimpfte die ganze Zeit, wem sie denn bitte was getan habe, um mich ihr ganzes Leben lang ertragen zu müssen. Ich solle sie doch endlich in Ruhe lassen, brüllte sie.

Manchmal jagt sie mir Angst ein … Sie ist so hart.

In der Morgendämmerung waren wir mit dem Graben fertig.

Großmutter war zwar richtig klein und dünn geworden, trotzdem war sie immer noch zu schwer für uns!

Gleich am Anfang rutschte sie uns aus den Händen und fiel auf den Boden, daraufhin wickelten wir sie umständlich in ein Bettlaken und schleiften sie damit in den Garten.

Diana nahm ihr die Ohrringe ab. Wie konnte sie so herzlos sein! Ich wollte wissen, warum sie Großmutter die Ohrringe wegnahm, und sie sagte, wenn für mich alles ein Problem sei, könne ich mich gerne dazulegen.

Das Grab mit Erde zu füllen, war leichter, so erschöpft, wie wir waren, fiel es uns aber dennoch schwer. Meine Muskeln zitterten.

Wir haben sie zugeschüttet. Es war schrecklich …

Das feuchtfröhliche Willkommensfest der Fachhochschule munterte Rostom auf. Bevor sich die Sekretärin nach Hause verabschiedete, legte sie ihm den fertigen Prüfungsplan vor und ermahnte die Kollegen freundlich, auf die Lautstärke zu achten, damit nicht wieder jemand vom Securityservice kommen musste. Dann öffnete sie die Fenster, um den Tabakqualm zu vertreiben.

»Was soll's, wenn einer vorbeikommt, muss er mit uns einen heben!«, riefen alle wie aus einem Mund. »So können wir sicherstellen, ob er was taugt!«

Dankbar hob auch Rostom an, einen Toast auszusprechen. Die Kollegen versicherten ihm, die segensreiche Flüssigkeit, die sie hier heute zu sich nahmen, habe noch keinem geschadet, er dürfe den Ärzten auch nicht alles glauben. Und sie brachten einen Toast auf Anständigkeit aus, in dem sie Rostom als Beispiel für einen ehrenwerten Mann lobten.

»Gott ist mein Zeuge, ich habe nie jemandem Schaden zugefügt. Es gibt keinen Menschen, den ich schlecht behandelt oder dem ich Böses gewünscht habe …« Rostom erhob sich aufgeregt. »Ich kenn keinen Neid und keine Habgier, ich arbeite gern und habe nie zu viel vom Leben verlangt …« Rührung ergriff ihn.

Die Sekretärin tauchte wieder auf.

»Lasst uns doch auf das schöne Geschlecht trinken!« Die Anwesenheit einer Frau hob augenblicklich die Stimmung der um den mit Zeitungspapier bedeckten Tisch versammelten Männer.

»Fast hätte ich vergessen zu erzählen«, wandte sie sich an Rostom, »dass irgendein Zura für Sie angerufen hat … Gestern oder vorgestern muss das gewesen sein.« Sie dachte kurz nach. »Er hat nach Ihnen gefragt und … Nein, er hieß nicht Zura, Zaza war sein Name, Zaza, Zaza!«, korrigierte sie sich und strahlte Rostom, der noch sein Glas in der Hand hielt, zufrieden an, »Es gehe um etwas Privates, meinte er und erwähnte auch irgendwelche Briefe, wenn ich mich recht erinnere …«, schob sie nach.

Der angeheiterte Rostom erstarrte. Seine Augen trübten sich. Seine ausgelassene Stimmung schlug in Ärger um. »Wer soll das gewesen sein, dieser Zura?«, fauchte er die Sekretärin an.

»Zaza hieß er, einen Nachnamen hat er nicht genannt.«

Rostom stellte das Glas ab. Er wusste, dass ihm nun der Wein in der Kehle stecken bleiben würde. Die Sekretärin lächelte die Tischgesellschaft an und bedankte sich für den Trinkspruch.

Dianas Tagebuch

27. Mai
Es ist kaum zu fassen, wir haben es geschafft. Wir haben Großmutter begraben.

Lina benimmt sich wie ein Idiot, immer muss sie dazwischenfunken!

Als ich Großmutter die Ohrringe abgenommen habe, geriet sie ganz außer sich! Sie kapiert einfach nicht, dass wir sie nötiger haben als sie! Sonst hätten wir gleich auch das Geld aus dem Schrank ins Grab legen können.

Noch nie in meinem Leben habe ich mich so schrecklich gefühlt. Wir kommen fast um vor Erschöpfung und finden trotzdem keinen Schlaf. Unsere Finger sind wund, wir haben Schwielen an den Händen. Großmutter vom Hügel hinunterrollen zu lassen, erlaubte Lina nicht, hätte ich mir gleich denken können … Ich verstehe, es ist unsere Müllkippe, da hat sie recht, aber um ein Haar wären wir Großmutter ins Grab gefolgt …

Eine unglaubliche Traurigkeit und Leere hat mich überkommen. Ich finde es auch schlimm, dass ich die Leiche wegwerfen wollte, aber ich wusste einfach nicht, welcher Stimme ich folgen soll … Mein Verstand sagte, dass Großmutter nichts mehr fühlte. Mein Herz sperrte sich aber dagegen, sie einfach wegzuwerfen, und dann fing auch Lina an zu weinen … Hätte ich bloß kein Herz! Es ist mein Herz, das wehtut!

Ich hätte alles dafür gegeben, das verdammte Gefühlschaos vergessen zu können … Ich habe mir also eine Nadel genommen und sie durch meine Ohrläppchen gestochen. Der Schmerz lenkte mich tatsächlich kurz ab …

Und dann heulte Lina an meiner Stelle los. Sie ist so dumm. Unsere Bluse war mit Blut beschmiert. Das eine Ohr blutete mehr als das andere. Ohrlöcher zu stechen war das eine, Ohrringe durchzustecken das andere. Es tat viel mehr weh. Jetzt kommen mir beide Ohren wie taub vor, ich fühle nichts. Wäre es bloß auch in meinem Herzen so.

Linas Tagebuch

Am dreißigsten Mai
Inzwischen bin ich mir fast sicher, dass es Diana an Gefühlen mangelt. Nachdem wir ins Haus zurückkamen, hat sie sich als Erstes Großmutters Ohrringe genommen. Ohne mit der Wimper zu zucken … hat sie sich mit einer Sattlernadel die Ohrläppchen durchgestochen! Ich bin fast ohnmächtig geworden! Schon das Zuschauen hat mir richtig wehgetan.

Jetzt liegen wir auf dem Bett. Unter unseren Fingernägeln steckt Erde, über unseren Herzen prangen Blutspritzer von Dianas Ohren. Die Küchentür steht offen und man sieht die beiden Kühlschränke, einer von ihnen zittert. Wir haben Hunger, aber sind zu schwach, um aufzustehen.

Dianas Tagebuch

1. Juni
Das Mythologiebuch muss weg! Wenigstens das kommt auf die Müllkippe. Es geht mir auf die Nerven. Dort steht nämlich die Wahrheit. Ich glaube sowieso, dass Märchen auf der

Wahrheit beruhen. In diesem Buch steht, dass der Himmel sich in Mutter Erde verliebte und sie zur Frau nahm. Er legte sich um sie und versprach, sich nie von ihr zu trennen. Es geht nicht darum, ob ich an diese Version der Weltschöpfung glaube oder nicht. So dumm bin ich auch wieder nicht … Da steht aber noch, dass die allerschönste Erdmutter, die Gaia, mit dem Himmel, dem Uranos also, am Anfang wunderschöne Kinder zur Welt gebracht hatte, danach aber nur noch lauter Vielköpfler und Vielfüßler. Deren Anblick ertrug Uranos nicht … er hasste sie geradezu! Also warf er sie in ein unterirdisches Verlies und ließ sie für immer verschwinden. Vor lauter Kummer weinte die Erdmutter so viel, dass aus ihren Tränen ganze Flüsse entstanden …

Vielleicht entspringt der Fluss hinter unserem Haus Elenes Trauer. Unsere Mutter ist gestorben, aber sie weiß vielleicht trotzdem, dass wir hier sind, am Ende der Welt ausgesetzt. Aber unser Vater hasst uns. Eine Mutter kann ihre Kinder einfach so, ohne Grund, lieben, ein Vater muss zunächst Gefallen an ihnen finden, er muss Stolz für seine Kinder empfinden … damit er sie lieben kann, sie müssen ihm ähnlich sein! Jemanden, der anders ist, kann nur die eigene Mutter ertragen. Das Leben ist so ungerecht …

In dem Mythos rächen sich die Kinder an ihrem Vater.

Wir können nicht einmal das … Wir können an seinem Glück nicht kratzen, dabei folgt sein Leben vermutlich nur ein paar Kilometer weiter dem Rhythmus der Stadt. Er hat bestimmt eine Frau und Kinder! Unsere schönen Geschwister … Ganz normale Menschen, wie jeder andere, mit zwei Armen und zwei Beinen …

2. Juni
Lina benimmt sich seltsam. Sie redet kein Wort mit mir und zerstückelt alle Bilder, die sie aus den Illustrierten ausgeschnitten hat. Überlebt hat nur die Zeichnung von Modigliani aus dem Kalender. Alles andere hat sie vernichtet, alle Schauspieler und Sänger amputiert, ihnen einen Arm und ein Bein abgeschnitten, jeweils die rechten. Weil sie die links ist?

Und das, ohne mich um Hilfe gebeten zu haben. Es fällt ihr schwer, mit einer Hand die Schere zu halten. Sie war aber so wütend, dass sie nicht aufhören konnte zu schneiden. Ein paar Bilder hat sie einfach in Stücke gerissen und zusammengeknüllt …

Es regnet pausenlos. Wir haben die Nase voll vom Regen! Bald fangen wir an zu schimmeln! Im Schrank gab es noch etwas Mehl, das ist mittlerweile auch verschimmelt. Zaza meldet sich nicht. Großmutters Bett hat eine Delle, als hätte sie es gerade verlassen. Lina weint nicht mehr. Gestern sind wir den ganzen Tag im Bett geblieben, warum hätten wir auch aufstehen sollen?

Ich glaube, Lina hasst mich.

3. Juni
Heute ist Elenes Bild auf dem Tisch plötzlich umgekippt. Lina lag im Halbschlaf. Ich kam nur sehr schlecht an das Foto heran. Lina wurde kurz wach, murmelte etwas und schlief erneut ein. Auch ich dämmerte weiter, aber die Schmerzen in meinen Ohren ließen mich nicht schlafen. In einem Ohr pocht es, hoffentlich hat sich das Loch nicht entzündet.

Ich habe Elene auf dem Foto ein paar Ohrringe dazugemalt. Dieselben wie die meinen. So sieht sie mir noch ähnlicher.

Früher haben Lina und ich uns um den silbernen Blattanhänger gestritten. Großmutter drohte an, sie würde ihn uns wegnehmen, wenn wir nicht mit dem Streiten aufhören würden. Lina wollte das Blatt für sich behalten und ich für mich. Schließlich fädelten wir es auf einen langen Zwirnfaden und banden ihn uns als Kette um die Hüfte. Nachts störte es manchmal, ein paarmal riss der Faden sogar und wir hätten das Blatt beinahe verloren. Dann brachte uns Großmutter Rosshaare mit und wir flochten sie zu einer festen Schnur, die wir nicht einmal beim Baden abnehmen können. So bleibt das silberne Blatt für immer bei uns, es ist ein Teil von uns geworden.

Als Lina aufwachte und meine Kritzelei auf dem Foto sah, schlug sie mir mit der flachen Hand ins Gesicht und kratzte mich mit ihren Fingernägeln. So aufgebracht kannte ich sie gar nicht. Wir fauchten uns an, rutschten vom Bett hinunter. Sie knallte mit dem Kopf auf den Fußboden. Es muss ihr wehgetan haben, aber sie vergoss keine Träne, sagte kein Wort. Wir standen nicht auf, sondern blieben auf dem Boden liegen, eingekeilt zwischen Bett und Tisch, und starrten auf die Decke. Auf einmal wünschte ich mir, wieder am Tischbein festgebunden auf Großmutter zu warten, die raschelnden Einkaufstüten und fremden Gerüche aus der Stadt, wie sie uns losbinden und Essen kochen würde …

Wir sind immer noch hier festgebunden … auch ohne Gürtel … und ohne Großmutter …

Wahrscheinlich kommen wir hier nie weg.

5. Juni

Nachts wurde ich von Linas Schluchzen wach: Was hatten wir bloß getan, warum hatten wir keinen Krankenwagen geholt. Sie streckte sich nach Großmutters Mobiltelefon, um Zaza anzurufen. So hysterisch war sie nicht einmal an dem Tag, als Großmutter starb. Sie schrie, wir müssten die Polizei rufen. Dann warf sie mir an den Kopf, ich würde niemanden lieben, um im gleichen Atemzug zu flennen, dass wir hier weggehen müssten. Schlimmer als jetzt könnte es nicht werden, rief sie, wovor hätten wir also Angst?

Nur weil ich nicht wie sie ständig weine, denkt sie, ich würde keine Trauer empfinden. Meint sie denn wirklich, ich hätte nie daran gedacht, hier wegzugehen, glaubt sie, ich hätte nie an unseren Vater gedacht? … Oder an unsere Großmutter, die für uns ihr Leben aufgegeben hat? … Warum dreht Lina wegen der Ohrringe so durch? Sie will einfach nicht begreifen, dass es nicht der richtige Zeitpunkt ist, um feinfühlig zu sein. Jetzt geht es ums nackte Überleben.

6. Juni
Ich sehe keinen Ausweg. Wir stecken in einer Sackgasse! Das hier ist eine Sackgasse, eine Sackgasse, eine Sackgasse!

Warum kommt Zaza nicht vorbei? Wann kommt er? Was sagen wir, wenn er kommt? Dass Großmutter weggegangen ist? Oder dass sie gestorben ist und wir sie im Garten begraben haben? Ihre Rente haben wir nicht mehr, aber wir flehen dich an, lieber Zaza, verlass uns nicht, bring uns vielleicht von Zeit zu Zeit ein Stückchen Brot, jetzt haben wir noch Geld, aber wenn es in Großmutters Schrank keines mehr gibt, dann kommst du auch noch vorbei, oder? Du kommst vorbei, damit wir nicht vergessen, wie ein Mensch aussieht … damit wir nicht verrückt werden … Und wenn wir sterben, beerdigst du uns, du wirfst uns nicht auf die Müllkippe. Hier im Garten wirst du uns begraben, denn dort draußen, hinter unserem Garten, gibt es nichts für uns, alle Türen sind zu, uns braucht keiner.

Vielleicht sollten wir daran denken, unsere Aufzeichnungen zu verstecken.

7. Juni

Heute früh sagte ich Lina, Zaza würde uns kein Essen mehr bringen, wenn er von Großmutters Tod erfährt. Sie wollte es mir nicht glauben. Wenn Lina beschließt, etwas nicht zu glauben, dann glaubt sie es einfach nicht. Erst wenn wir vor Hunger sterben, ändert sie vielleicht ihre Meinung. Zaza darf nicht erfahren, dass Großmutter nicht mehr lebt.

Ich habe Angst. Was, wenn er uns an die Ärzte ausliefert? Vielleicht hatte Großmutter recht und die Welt draußen ist gefährlich?

Ich habe Lina klargemacht, dass wir deswegen unsere Tagebücher verstecken sollten. Sie war einverstanden. Ich packe meinen Notizblock und Linas Heft in unsere Wachstuchtasche, und die verstecken wir im alten Baum an der Gartenmauer. Falls es uns überhaupt gelingt, da hineinzukommen … Ich bin größer, ich müsste es schaffen. Fürs Erste ist es sicher am besten so. Zaza erzählen wir, dass Großmutter in die Stadt gegangen ist. Und geben ihm ein paar Scheine aus dem Umschlag, damit er uns etwas zu essen bringt. Wir müssen vorsichtig sein … Später fällt uns bestimmt etwas anderes ein.

Wir müssen überleben.

Was hat der Fluss bloß, er tost und braust auf einmal so …

Rostom hatte Kopfschmerzen und nahm die Prüfungen wie im Halbschlaf ab, beim Anblick der schlanken jungen Frau mit dem länglichen Gesicht wurde er jedoch hellwach. Er beobachtete, wie sie mit ihren zarten Fingern den Zettel mit den Prüfungsfragen zog und sich an den hinteren Tisch setzte, um sich die Antworten zu überlegen. Bald blieben sie und Rostom allein. Rostom wurde unruhig, die Stille im Raum bedrückte ihn. Er starrte die gegenüberliegende, mit großen Wasserflecken bedeckte Wand an. Dann suchte er auf dem Prüfungsplan den Vornamen der jungen Frau heraus: Ekaterine, Eka …

Die erste Frage bezog sich auf die hellenische Kultur. Ekaterine setzte sich zu Rostom an den Tisch und fing enthusiastisch an zu reden. In dem großen Veranstaltungsraum hallte ihre Stimme. Von der vom Wasser aufgeweichten Wand bröckelte der Putz ab. Rostom musterte Ekaterine verstohlen. Unter ihren blauen, mandelförmigen Augen hatte sie dunkle Ringe. Die längliche, schmale Nase fügte sich harmonisch in ihr ausdrucksvolles Gesicht ein. Dort, wo die schwungvollen Bögen ihrer Augenbrauen ausliefen, war ihre Haut leicht gereizt.

»Wie schön sie ist«, dachte Rostom. »So schön …«

Als hätte ihn bei ihrem Anblick eine lang vermisste, angenehme Empfindung aufgesucht, süß wie *Kada*, der mit Zucker gefüllte Fladenkuchen seiner Studentenzeit, und erfrischend wie kalter *Burachi* an einem heißen Sommertag …

»Das Fortdauern dieser Kultur spiegelt sich auch im heutigen Sprachgebrauch wider, indem wir bis heute Begriffe oder Redewendungen verwenden wie zum Beispiel ›Achillesferse‹ oder ähm … ›die Ställe des Augias‹ …«

Rostom versuchte Interesse an Ekaterines Ausführungen vorzutäuschen und wiederholte, was sie zuletzt gesagt hatte:

»Die Ställe des Augias … was heißt das genau?«

Ekaterines türkisblaue Augen leuchteten auf, dann antwortete sie:

»Das war ein ganz schmutziger Ort! Der griechische König Augias hielt seine Rinder in einem riesigen Stall, der dreißig Jahre lang nicht geputzt worden war und von Dreck und … Mist überquoll. Kein Mensch hätte ihn reinigen können, so viel Kraft hatte keiner!« – Ekaterines Stimme wurde lauter. »Aber Herakles schaffte es! An einem einzigen Tag säuberte er den Stall. Er änderte das Flussbett von Alpheios und leitete das Wasser direkt in den Stall ein. Das war die einzig mögliche Lösung … Nur die Kraft des Wassers konnte einen derartigen Dreck bewältigen …«

Ekaterine erzählte mit solcher Begeisterung, dass Rostom schmunzeln musste.

»Sie interessieren sich für Mythologie?«

Die Studentin wurde still.

»Würden Sie lieber eine Prüfung über griechische Sagen ablegen?«

»Ich weiß nicht …« Ekaterine zuckte mit den Achseln. »Auf jeden Fall sind mir Sagen lieber als trockene Daten oder Fakten«, sagte sie stockend. »Ich finde sie interessanter …«

»Daten sind jedoch immer an interessante Ereignisse geknüpft, an die Zeit, zu der jene passierten«, lächelte Rostom, um die Kritik zu mildern. »Gehen wir zur nächsten Frage.«

Ekaterine blickte zögerlich auf den Prüfungsbogen. Um ihr zu helfen, las Rostom die Frage laut vor: »Griechische Kolonisierung der östlichen Schwarzmeerküste.«

»Darf ich gleich zur dritten Frage übergehen, mir geht es nicht um eine gute Note, ich möchte nur bestehen …« Ekaterine senkte den Kopf.

»Haben Sie sich nicht ausreichend vorbereiten können?«

»Ich weiß die Antwort auf die dritte Frage.« Ekaterine hielt ihren Blick auf den Papierbogen gesenkt. »Ich habe nicht das ganze Pensum geschafft … in meinem Zustand …«

Sie strich mit der Hand über ihren Bauch. Rostom folgte ihren Fingern mit den Augen und blieb bei der dunkelroten Bluse hängen, die sich vielsagend um Ekaterines gewölbten Bauch spannte.

»Sie sind …?« Er sah sie verwirrt an.

Sie war sehr schlank und jung, er konnte den genauen Monat ihrer Schwangerschaft nicht erraten. In Rostoms Schläfen begann es schmerzvoll zu pochen.

»Darf ich anfangen?« Ekaterine legte ihre Hände auf den Bauch. »Der Trojanische Krieg. Mythos und Realität …«

»Elene«, rutschte es Rostom heraus. »E… Ekaterine«, korrigierte er sich sofort und holte tief Luft. »Es reicht … Sie können gehen!«

Eingeschüchtert griff sie nach ihrer Tasche und verließ mit leicht durchgedrücktem Rücken den Raum.

»Ich kann nicht mehr«, dachte Rostom. Was er genau damit meinte, war ihm nicht klar, er wusste nur, dass sich das ganze Universum gegen ihn verschworen hatte.

Linas Tagebuch

Am siebten Juni
Wäre ich bloß als Vogel oder Fisch zur Welt gekommen. Oder als Berg oder der Fluss hier. Ich wäre auch lieber einer von Dianas Ohrringen oder Mutters Silberblatt, sogar Großmutters Zauberschrank. Alles und jedes …

Ich würde gerne etwas Wichtiges schreiben, aber Diana drängt zur Eile. Ich verabschiede mich von meinem Tagebuch. Von mir selbst … Ja, genau das Gefühl habe ich: Ich nehme Abschied von mir selbst.

Diana jagt mir Angst ein, jemand könnte kommen und unsere Aufzeichnungen lesen und so von Großmutters Tod erfahren. Und davon, dass wir keinen Arzt gerufen … und sie im Garten begraben haben.

Wir verstecken unsere Hefte in der Tasche. Wenn sich alles geregelt hat (wann?), können wir weiterschreiben, meinte sie …

Jetzt muss ich Schluss machen.

Schon wieder Regen, ununterbrochen regnet es …

Möge sich nur alles schnell klären … Ich glaube nicht, dass Zaza uns verlassen würde … Besonders freundlich ist er nicht, er lacht nicht, er spricht kaum; manchmal kommt er und geht dann wieder, ohne uns überhaupt angesehen zu haben … Aber er kann uns doch nicht alleine lassen? Er lässt uns bestimmt nicht verhungern. Wir dürfen ihm von Großmutters Tod nichts sagen …

Diana drängt. Es geht los.

Es muss wohl sein …

Rostom hörte den Lärm bereits von Weitem. Vor seinem Haus stand eine aufgeregte Gruppe Menschen. Die Nachbarn stritten sich mit einem Mitarbeiter der Stadtverwaltung. Vor ein paar Monaten waren Risse am Haus sichtbar geworden und auch die Kanalisation hatte sich verschlechtert. Schuld daran soll das Hochwasser von neulich gewesen sein. Bei der Lautstärke der Diskussion verstand Rostom die konkreten Forderungen seiner Nachbarn nicht, mischte sich aber trotzdem eifrig ein:

»Und was sollen wir tun, bitte schön?«, rief er mit donnernder Stimme. »Wollen Sie warten, bis alles einstürzt? Ohne einen Finger zu rühren? Bis uns das Wasser wegspült?« Da fielen ihm plötzlich die schwangere Studentin und die »Ställe des Augias« ein. Ihn überkam eine furchtbare Müdigkeit. Er drehte sich abrupt um und ging rasch ins Treppenhaus, wo er auf den Fahrstuhlknopf drückte. Msia folgte ihm.

»Die nehmen uns gar nicht ernst!« Auch Msia presste energisch den Knopf. »Warum haben uns die immer noch nicht in das Renovierungsprogramm eingetragen?«

»Bei mir in der Arbeit bröckelt der Putz schon von den Wänden, so feucht sind sie. Wir sind zwar im Programm, aber das heißt noch lange nicht, dass sich etwas tut.« Rostom schüttelte den Kopf.

Als der Fahrstuhl auf ihrer Etage hielt, stand vor Msias Tür ein Polizist. Msia hielt bereits den Schlüssel in der Hand, nun erstarrte sie.

»Guten Tag, wohnt Herr Mortschiladze hier?«, fragte der Polizist.

»Was ist los?« Msia drehte sich zu Rostom, der hinter ihr stand.

»Ich suche Herrn Rostom Mortschiladze«, wiederholte der Polizist.

Rostom trat zögernd aus dem Fahrstuhl.

»Ja, bitte?«, fragte er angespannt.

»Ah, Sie sind das?«

»Ist was passiert?« Msia fiel ihm ins Wort.

Der Mann beachtete Msias Frage nicht und sprach nun direkt zu Rostom. »Ich habe hier eine Benachrichtigung für

Sie. Eine Vorladung zur Staatsanwaltschaft … Wegen der siamesischen Zwillinge.«

»Was?«, rief Msia erstaunt.

Der Polizist überreichte Rostom das Schreiben und sagte: »Mein Beileid …«

Teil II

Linas Tagebuch

Was für ein Datum haben wir heute bloß?
Papier … Papier ist die Rettung … Ohne Diana werde ich verrückt.

Schreiben beruhigt mich, holt mich zurück … Jetzt muss ich nur noch meine Schwester zurückholen.

Ich bin so glücklich, dass ich etwas zum Schreiben habe! Am Anfang fand ich es peinlich zu fragen, aber dann nahm ich meinen ganzen Mut zusammen … sie brachten mir Papier und einen Kugelschreiber. Dann blieben sie stehen und starrten mich an, in ihrer Gegenwart konnte ich aber nicht schreiben. Diese seltsamen Menschen machen mich müde, immerzu beobachten sie uns, überwachen uns … Sie ziehen uns die Decke ab, manchmal schieben sie sogar unser Nachthemd hoch … Wie schrecklich, wie beschämend … Am liebsten würde ich weinen. Zumindest fürchte ich mich mittlerweile kaum noch.

Sie wundern sich, dass ich schreiben kann. Auch dass wir sprechen können, überrascht sie.

Dabei habe ich das Schreiben fast verlernt, nur mit Mühe setzen sich meine Finger in Bewegung … Ich fühle mich sehr schwach. Wie soll ich mich ohne Diana aber auch fühlen? …

Ich lebe in ständiger Angst, dass sie mir meine Notizen wegnehmen. Ich verstecke sie unter dem Bettlaken und drücke nachts kein Auge zu, damit man sie nicht herausholt! Hätten wir bloß eine eigene, nur uns verständliche Sprache, dann würde ich in dieser Sprache schreiben. Außer Diana soll keiner meine Notizen verstehen!

Jetzt ist am wichtigsten, dass sie aufwacht. Wenn sie bloß endlich aufwachen würde …

xxx

Sogar im Liegen fühle ich, wie schwer sie geworden ist, sie zieht mich regelrecht nach unten. In ihrer Nase stecken irgendwelche Schläuche. Ob das wehtut? Ich frage mich, ob ich sie herausziehen sollte, vielleicht will man ihr damit etwas Böses? Oder genau umgekehrt? Ich bin ratlos …

Da ich mich kaum bewegen kann, fällt mir auch das Schreiben schwer. Manchmal scheint Diana nicht mehr zu atmen. In diesen Momenten bleibt mein Herz beinahe stehen! Aber die Leute hier sagen, sie würde aufwachen.

Sie ist bestimmt ganz müde. Armes Schwesterlein … Ich gebe ihr noch ein bisschen Zeit …

Das sind also die weißen Kittel aus dem Fernsehen, Frauen, Männer, Frauen, Frauen, Männer … Die Menschen, vor denen uns Großmutter immer gewarnt hat … Aus der Nähe sehen sie ganz anders aus! Mir flimmert es vor den Augen. Meine Ohren dröhnen. Ich will nach Hause.

Als ich wieder zu mir kam und das silberne Blatt nicht mehr um unsere Hüfte hing, bin ich fast durchgedreht, konnte nicht aufhören zu weinen, bis man es mir zurückbrachte. Jetzt liegt es neben meinem Kopf.

Sie sagten, alles sei vom Wasser fortgeschwemmt worden. Das glaube ich nicht.

xxx

Ein seltsamer Geruch hier. Als Kinder hatten wir einmal Fieber. Damals roch es überall nach Essig, weil uns Großmutter immer wieder mit nassen Essiglappen einrieb. Das war nicht angenehm, danach fühlte sich alles ganz kalt an … Hier riecht es anders, beißender. Damals schliefen Diana und ich fast gleichzeitig ein und wachten immer zur gleichen Zeit auf. Was ist denn mit ihr los? Warum schläft sie so fest?

Zum ersten Mal bin ich allein. Und das macht mir Angst.

xxx

Die Frau mit dem Hämmerchen spricht ganz langsam und betont jede Silbe. Sie hat Lippenstift aufgetragen, an manchen Stellen auch auf die Zähne. Meinen Namen hat sie sich aber nicht gemerkt:

»Liana, fühlst du hier etwas? Und hier? Oder hier, was fühlst du?« Die Schläge mit ihrem Hämmerchen tun nicht weh, nur ab und an zucke ich, ohne es zu wollen, zusammen. Sie schlägt auch auf Diana.

Was soll ich fühlen, wenn sie auf meine Schwester einhämmert? Hier sind alle etwas seltsam.

Ich kann kaum abwarten, bis ich wieder allein bin. Ständig kommt jemand herein und geht gleich wieder oder kommt herein und geht gar nicht … Am Fenster sitzt eine Frau und bewacht uns. Um den Hals trägt sie eine

Kette mit einem silbernen Kreuz. Gelegentlich zieht sie das Kreuz hervor und macht damit ihre Fingernägel sauber – zuerst die eine, dann die andere Hand. Das nervt! Heute kam einer sie holen, die Kolleginnen hätten Kuchen mitgebracht, sie sei bestimmt müde, sagte er, dann könne sie gleich mitkommen. Ich freute mich schon, sie würde endlich gehen, aber sie rührte sich nicht und sagte, sie würde fasten.

Ich würde schon ein Stück Kuchen nehmen.

xxx

Ich habe gehört, wie sie sagten, dass ich starke Lungen habe. Es sei nur mir zu verdanken, dass wir das Hochwasser überlebt haben. Diana habe das schlammige Flusswasser geschluckt.

Sie soll endlich aufwachen!

Ich muss mich noch bei ihr entschuldigen wegen des Streits um Mamas Foto. In dem Moment war ich wirklich sauer … und fühlte mich gekränkt … Aber jetzt würde ich ihr auf der Stelle verzeihen, Hauptsache, sie ist endlich wieder da! Ohne sie ist alles sinnlos. Auch wenn ich die Macht hätte, etwas zu ändern, würde ich immer bleiben wollen, wie ich bin, die Schwester von Diana, ihre Zwillingsschwester.

xxx

Meine Aufzeichnungen sind jetzt schon ganz zerknittert, weil ich sie immer unter das Bettlaken schiebe, aber so sind sie sicher.

Langsam habe ich mich an den Geruch hier gewöhnt, er fällt mir kaum noch auf. Alles ist sauber hier, die Wände strahlend weiß und die Zimmerdecke hoch, ganz oben sieht man ein Spinnennetz. Abgesehen von den Weißkitteln kommt noch eine alte Frau zu mir. Mit einem nassen Lappen wischt sie den Fußboden auf. Bei ihrem Anblick muss ich an unser Haus denken, dort hat es ähnlich gerochen, das finde ich schön. Ich glaube, sie ist eine anständige Frau. Sie putzt, sieht uns an und sagt kein Wort, sie fragt nichts, sondern stöhnt nur wie Großmutter früher. Sie ist besser als die Ärzte. Vielleicht sollte ich sie fragen, was wir heute für einen Tag haben. Damit ich es in mein Tagebuch schreiben kann, so wie damals …

Wie gut, dass wir unsere Tagebücher im Baum versteckt haben! Diana ist klug! Hoffentlich bekommen wir die Hefte bald wieder.

Ob Zaza weiß, dass wir hier sind?

Am vierzehnten Juni
Das ist also ein Krankenzimmer.

In meinem Kopf dreht sich ein Karussell von Gesichtern mit unterschiedlichsten Stimmen, sie verschwimmen alle miteinander. Manchmal erscheinen mir diese Menschen auch im Traum. Ich bin müde. Ich verstehe nicht, was sie sagen, sie sprechen von »Analyse« und »Kadiogramm« … von »Rötgen« und »Ultraschnall«, lauter Fremdwörter. Nur manche kommen mir bekannt vor.

Unser Bett ist auf Rädern. Man schiebt uns damit durch die Flure. Ich mag das, habe aber auch Angst, denn ich weiß nie, wohin wir gefahren werden und warum …

Wenn man uns das Hemd aufknöpft, schmiege ich meine Wange an die von Diana und schließe fest die Augen.

Eigentlich tut das alles nicht weh. Manchmal schmiert man uns etwas Kaltes und Nasses auf die Haut, legt dann einen Telefonhörer darauf und guckt sich irgendwelche schwarz-weiße Schwabbelbilder im Fernsehen an. Wozu ist das gut? Viele Leute stehen um uns herum und reden wild miteinander:

»Seht mal, zwei Herzen, eine Leber, zwei Gallenblasen …« Sie sagen noch mehr, ich kann es mir aber nicht merken … Aufschreiben müsste ich es mir. Außerdem sagen sie: »Eine Harnblase, gemeinsames Becken.«

Wann wacht Diana endlich auf, damit wir weg können? Ich kann nicht mehr liegen! Ich möchte mich aufsetzen, laufen. Die Menschen hier kann ich auch nicht mehr ertragen.

An diesem Tag musste Rostom nicht zur Arbeit. Er war schon lange wach, bieb aber im Bett liegen und zögerte das Aufstehen hinaus, als könnte er so der Wirklichkeit entkommen, die von Tag zu Tag immer bedrohlicher wirkte. Das Chaos, das auf ihn zurollte, nahm in atemberaubender Geschwindigkeit an Größe und Stärke zu. »Was für Kinder? Wie denn? Ach, hätte ich bloß ein Kind …« Rostom wälzte sich im Bett. »Ich wünschte, ich hätte einen Sohn gehabt und ihn zum Mann, zu einem richtigen Mann erzogen …« Solche Gedanken suchten ihn meistens heim, wenn er betrunken war. Nüchtern zu bleiben fiel ihm ziemlich schwer. Da kam ihm sofort der Schnaps in den Sinn, den er im Schrank aufbewahrte.

»Mein Stammbaum weist keinerlei Defekte auf! In meiner Familie sind alle gesund, alle!«, rief er plötzlich.

»Wie hätte ich solche Kinder zeugen können?« Er setzte sich auf die Bettkante und suchte mit den Füßen nach seinen Pantoffeln. Er rieb sich das Gesicht.

»Hätte ich solche Kinder gezeugt, hätte ich mich gleich umgebracht!«, sagte er entschieden und stand auf.

Die Vorladung zur Staatsanwaltschaft stand auf dem Küchentisch an den Brotkasten gelehnt und nahm ihm den Appetit.

Linas Tagebuch

Am fünfzehnten Juni
Ich würde gerne dort weitermachen, wo ich mit dem Schreiben aufgehört habe, kann mich aber nicht an meine letzten Eintragungen erinnern. Wo war ich denn stehen geblieben? Was habe ich zuletzt geschrieben? Auch die Gedichte weiß ich nicht mehr. Wie viele waren es? Zwei? Drei?

Unsere Großmutter ist gestorben, das weiß ich noch. Und danach geriet alles durcheinander …

Hochwasser kenne ich nur aus dem Fernsehen. Das, was uns geschah, war anders. Als wären wir geschrumpft und in die Schüssel gefallen, in die ich früher den Kopf getaucht habe. Oder als wäre die auf einmal riesengroß geworden! Wahrscheinlich habe ich alles nur geträumt. Keine Ahnung, was wirklich passiert ist. Ich weiß nur, dass ich viel länger ohne Luft bleiben musste als sonst … länger als früher beim Tauchen … Ich hielt den Mund krampfhaft geschlossen. Ich sagte mir, Lina, unterstehe dich, den Mund zu öffnen, egal, wie schwer es dir fällt, diesmal machst du ihn nicht auf. Ich erinnere mich, dass uns etwas vom Bett gefegt … oder uns samt dem Bett aus dem Haus gezerrt hat. Seltsamerweise fielen wir weder auf die Füße noch landeten wir auf dem Boden. Alles ging drunter und drüber. Es gab nichts, wo wir uns hätten festhalten können. Auch das Gefühl füreinander kam uns abhanden. Entweder bewegten wir uns oder alles rotierte um uns. Ich weiß nicht genau, was mir wehtat, aber ich fühlte mich schrecklich, ganz schrecklich! Tiefste Dunkelheit umgab uns.

Vielleicht war es nur ein grausamer Traum? Aber wie sind wir dann hierher geraten? Schlafe ich vielleicht immer noch?

Die Leute hier wissen nichts über uns. Auch von Großmutter wissen sie nichts. Vermutlich kennen sie auch Zaza nicht. Wobei er doch hier wohnen müsste, irgendwo in der Nähe …

Ich denke die ganze Zeit, er würde bald kommen und uns nach Hause bringen.

Am sechzehnten Juni

Man brachte an Dianas Kopf silberne Plättchen an, und aus einem kleinen Fernseher kriecht jetzt ein langer, zackig bekritzelter Papierstreifen.

Wird sie dadurch noch tiefer schlafen? Oder will man uns operieren?

Wenn sie Schmerzen hätte, würde sie das doch sagen … Sie würde um sich schlagen, schreien …

Ich werde mit Fragen überhäuft, sie wollen wissen, wo und mit wem wir gewohnt und was wir zu Hause gemacht haben, ob wir laufen können … Sie wollen bestimmt alles über Großmutter wissen. Aber ich halte den Mund! Diana braucht sich keine Sorgen zu machen, von mir wird keiner etwas erfahren. Sie haben nach unseren Eltern gefragt, wollten wissen, wer auf uns aufgepasst hat … Ohne Diana bleibt mein Mund verschlossen!

Am siebzehnten Juni

Ich werde hier gut versorgt, es gibt Käse, Fleisch und Fisch. Am liebsten mag ich die Essenszeit. Erst steigt mir ein Geruch in die Nase, dann rollt eine Frau einen Tisch ins Zimmer. Auch sie mag ich gerne, sie ist netter als die alte Putzfrau. Anfangs wollte sie mich füttern, das war aber eine Quälerei. Nun trinke ich die Suppe aus einem Glas und sie hilft mir ein bisschen. Das Kartoffelpüree und das Schnitzel könnten etwas mehr Salz vertragen, aber trotzdem schmeckt mir das Essen sehr gut.

Heute hat sie den Fernseher eingeschaltet. Ich mag keine Nachrichten, wir fanden es immer grauenvoll, wenn Großmutter sie angesehen hatte, aber jetzt freue ich mich auch darüber.

Im Fernsehen waren verschleierte Frauen. Wie können die überhaupt mit dem schwarzen Stoff vorm Gesicht essen? Die Ärzte hängen sich manchmal auch einen Stofffetzen vor den Mund, einen weißen oder grünen Schleier. Den nehmen sie später aber wieder ab. Doch diese Frauen? Behalten sie den Schleier auch nachts beim Schlafen an?

Wie gerne würde ich einen Blick in den Spiegel werfen! Ich müsste mir dringend die Haare waschen, sie sind vom ständigen Liegen ganz verfilzt. Bei Diana auch. Ich versuche sie mit den Fingern zu kämmen. Auch bei ihr, sie kann es ja selbst nicht machen … Sie sieht aber auch so wunderschön aus, mein Schwesterlein. Unsere Mutter war sehr schön und wir sind ihr beide ähnlich. Eine Frau sagte sogar: »Sie haben so hübsche Gesichter …«

Da kommt jemand, das Papier muss weg!

xxx

Vielleicht weiß Diana Zazas Telefonnummer auswendig? Wir müssen ihn anrufen, damit er uns von hier wegbringt! Wir essen uns hier noch richtig satt und dann nichts wie weg! Wo hat man bloß unsere Kleider hingebracht?

Ein Mann meinte heute, sollte Diana bis morgen früh das Bewusstsein nicht wiedererlangen, müsste man die Transfusion in doppelter Dosis wiederholen. Was heißt das schon wieder? Ich glaube, er war sauer.

Diana, wach endlich auf, hörst du mich? Die werden langsam ärgerlich.

Der Geruch von Spiritus erinnert mich an Schnaps. Eine Frau wollte uns mit irgendwelchen Tüchern waschen. Plötzlich kamen wieder andere Menschen ins Zimmer. Wie unangenehm! ... Sie starrten uns an und schüttelten den Kopf. »Packt wenigstens mit an«, schimpfte die Frau und einer half ihr, uns auf die Seite zu drehen, damit sie unseren Rücken waschen konnte.

Das tat gut. Jetzt fühle ich mich viel besser.

xxx

Es ist warm. Vor meinem Bett zittert eine Säule aus goldenem Staub. Wie schön sie ist! Ich dachte, so etwas hätte es nur bei uns zu Hause gegeben ... Der Staub kommt mit der Sonne, ohne sie sieht man ihn nicht. Er wirbelt im Sonnenstrahl, der durchs Fenster fällt. Ich möchte hineinfassen.

xxx

Die Frau mit den Spiritustüchern scheint richtig nett zu sein. Diesmal kam sie allein und ließ keinen herein, man sollte uns in Ruhe lassen, sagte sie … Das Waschen war gleich viel weniger unangenehm. Später, als sie schon gehen wollte, fragte ich sie schüchtern nach einem Spiegel. Ich weiß kaum noch, wie ich aussehe. Ich sehe immer nur das Profil von Diana, ihre geschlossenen Augen, ihre blasse Haut. Ich würde mich gerne sehen, vielleicht habe ich Pickel im Gesicht. Meine Haare sehen furchtbar aus, das weiß ich auch so …

Am Abend brachte mir eine Krankenschwester einen Spiegel, die Frau muss ihr von meinem Wunsch erzählt haben. Ich hoffte, die Schwester würde rasch wieder gehen, damit ich mich ausgiebig betrachten konnte. Aber sie blieb an meinem Kopf stehen, starrte mich an und wartete mit ausgestreckter Hand, bis ich ihr den Spiegel wieder zurückgab.

Er war so klein, dass ich nur mich allein sehen konnte. Sonst haben wir uns immer gemeinsam betrachtet, Diana und ich. Der Spiegel schien meine Einsamkeit zu unterstreichen. Als ich ihn leicht zur Seite drehte, erhaschte ich Dianas Nase mit den Schläuchen. Mein eigenes Gesicht kam mir fremd vor. Ich sehe doch anders aus. Ich möchte unseren alten Spiegel wieder haben.

Ich wüsste gerne, wie unser Vater aussieht. Was für Augen er wohl hat? Wahrscheinlich ist er größer als Zaza, und auch stärker. Vielleicht sieht er diesem Arzt hier ähnlich, nein, unser Vater sieht bestimmt viel besser aus als der!

Wieso hat er uns verlassen? Es ist wohl unsere Schuld, so wie wir aussehen … Vielleicht sollten wir ihn suchen und bitten, trotzdem unser Vater zu sein … Würde Diana das hören, würde sie mich umbringen.

Am neunzehnten Juni
Inzwischen warte ich sehnsüchtiger auf die Frau mit den Tüchern als auf das Essen. Sie wäscht uns ganz langsam, ohne Hast. Heute drehte sie uns viel geschickter auf die Seite als sonst. Sie fängt jedes Mal bei mir an und erst nachdem sie meinen Arm und mein Bein gewaschen hat, wechselt sie zu Diana. Danach kommt sie wieder zu mir. Es ist so angenehm, wenn sie mir den Rücken wäscht, das Bein, das Knie … die Fußsohle … dort kitzelt es ein wenig, aber ich reiße mich zusammen. Wenn sie mit dem feuchten Tuch über meinen Nacken fährt, kriege ich Gänsehaut, als würde ich frieren. Zum ersten Mal seit wir hier sind, habe ich heute einen Blick auf unseren Körper werfen können, und es fühlte sich sehr ungewohnt an. Wir haben ein wenig zugenommen. Die Knochen stachen früher mehr hervor. Ist das ein gutes oder ein schlechtes Zeichen?

Als die Frau mein Knie berührte, bekam ich wieder Gänsehaut. Das war mir peinlich … Wenn sie uns bloß länger den Bauch waschen würde! Ob Diana meine Gefühle mitbekommt?

Später strich sie mit dem feuchten Tuch über unsere Brüste, da fing mein Herz auf einmal an, schneller zu schlagen. Eine Passage aus einem bestimmten Buch kam mir plötzlich in den Sinn … Unwillkürlich schloss ich die Augen, mein Bauchnabel fühlte sich warm an und mein Bauch spannte. Die Frau nahm ein neues Tuch, machte es nass, wrang es aus und fuhr damit sanft zwischen unsere Beine. Ich zuckte zusammen … Sie achtete nicht darauf und machte es nochmals. Ein lauter Seufzer entkam mir. Was war das? Mir wurde schwindlig und ein Zittern durchfuhr mich. Ich lag wie gelähmt da, aber hinter meinen geschlossenen Lidern gingen riesige Mohnblumen auf! Grellrote, weit geöffnete Mohnblumen … Sie sahen ähnlich aus wie die Blumen auf dem Schüsselboden, wenn nicht sogar noch schöner … Ein solches Gefühl hatte ich noch nie. Mein Blut pochte in den Adern. Die Frau trocknete uns ab. Ich wünschte mir, sie möchte uns in Ruhe lassen. Ich wollte nur noch still da liegen und mich auf die Blumen konzentrieren.

Jetzt weiß ich, dass die Empfindung nur mich betraf. Diana hat nichts davon mitbekommen, das hätte man ihr sonst angemerkt.

Zum ersten Mal habe ich etwas, was nur mir gehört …

Am zwanzigsten Juni
In der Morgendämmerung kam mir vor, als hätte Diana sich bewegt. Mein Herz fing sofort an zu rasen. Ich redete auf sie ein. Sie antwortete nicht. Also schwieg ich wieder. Aber an Schlaf war nicht mehr zu denken. Plötzlich spürte ich, wie sie die Augen aufmachte! Vor Freude wäre ich am liebsten hochgesprungen, aber ihr schwerer Körper erlaubte das noch nicht. Ich nahm ihre Hand und streichelte sie. Sie lag ganz still, nur ihre Wimpern zuckten. Da sie nicht sprach, fragte ich mich, ob sie mich überhaupt hören konnte … ich schmiegte meine Wange an ihre und bat sie, meine Hand zu drücken, falls sie mich hörte. Das tat sie und ich atmete erleichtert auf.

So lagen wir Hand in Hand und atmeten im gleichen Rhythmus. Ich versuche immer so zu atmen wie sie. Schon als Kind habe ich vor dem Einschlafen immer den Atem angehalten, ihrem Atmen zugehört und mich dem Rhythmus angepasst. Ich mag nicht, wenn wir voneinander abweichen.

»Du hast dir damals unnötig Sorgen gemacht wegen dem Notruf«, sagte Diana plötzlich. Sie konnte sprechen! Vor Freude drückte ich ganz fest ihre Hand: »Wir sind also nicht in Gefahr? Die Ärzte passen auf uns auf, ja?«, fragte ich hoffnungsvoll. »Nein, das meine ich nicht …«, flüsterte sie zurück, »Wir kennen unsere Adresse nicht.«

Ich verstand nicht. Sie schwieg eine Weile und dann sagte sie:

»Weißt du denn etwa, wo wir wohnen? Wo das Haus steht?«

Im Zimmer wurde es allmählich hell. Man konnte die Vögel zwitschern hören. Was sagte sie da … Unsere Adresse … Was meinte sie mit Adresse? Zwei Bäume am Fluss … Mehr wissen wir nicht. Und die Müllkippe …

Wie hätten wir da einen Notarzt rufen können? Ich habe mir wirklich unnötig Sorgen gemacht …

Mein Gott … Ohne Zaza können wir gar nicht nach Hause finden!

Am einundzwanzigsten Juni
Schluss, wir sind nicht mehr angeschlossen! Man hat Diana die Schläuche entfernt.

Wir dürfen endlich das Bett verlassen. Eine Ärztin meinte zwar, das wäre zu früh, wir wären noch zu schwach, ein anderer Arzt sagte, wir sollten unbedingt aufstehen. Ich konnte es kaum abwarten, aber das Gehen fällt mir schwer und Diana noch schwerer. Zwei Frauen stützten uns, trotzdem schafften wir es nur bis zum Fenster. Danach waren wir entsetzlich müde.

Man brachte uns Stöcke, die wir uns unter den Arm klemmen sollten. Das Gehen wurde dadurch aber nicht leichter.

Zum tausendsten Mal wollten sie wissen, ob wir laufen konnten. Diana schwieg mürrisch. Ich bin inzwischen an all das hier gewöhnt, an die Spritzen und Medikamente. Bald werden wir nichts mehr davon brauchen.

Ich vermisse unsere Bücher.

xxx

Es ist Nacht. Aus dem Flur fällt ein Streifen Licht ins Zimmer, ich halte das Blatt Papier hinein. Der Wunsch zu schreiben ist manchmal stärker als alles andere …

Wären wir Nonnen,
hüllten wir den Doppel-Leib
in dunkles Tuch,
träten vor Gott in schwarzem Kleid.
Wären wir Muslimas,
lebten mit einem Mann,
nähten zwei Schleier aneinander,
das gehört zum Islam.
Wären wir Artisten,
in ein einziges Kleid täten wir schlüpfen,
trügen eine doppelte Maske,
würden durch die Manege hüpfen.
Doch wir sind hier,
in einem Lazarett,
zwischen weißen Wänden vier,
im gemeinsamen Bett …
und warten.
Das ewige Warten.

Am zweiundzwanzigsten Juni
Die Sonne scheint.

Ich habe gute Laune. Mein neues Gedicht gefällt mir, ich finde es schön.

Anders als früher hatte ich Lust, es Diana zu zeigen. Sie nahm das Papier in die Hand, sah kurz darauf und fragte nur: »Wie kommt die Zirkusmanege da rein?« Ich wusste es nicht und zuckte mit der Schulter. Diana wunderte sich. Ihr war, sagte sie, als hätten die Krankenschwestern über uns und einen Zirkus geredet, da habe sie sich wohl verhört.

Ist das denn möglich? Würden sie uns mit in den Zirkus nehmen? Oh Gott, wenn das bloß wahr wäre! Vielleicht gehen sie auch ins Theater mit uns! Am liebsten möchte ich aber ans Meer …

Mein Herz ist randvoll mit Freude und Erwartung. In diesen Momenten bin ich mir sicher, dass alles gut werden wird. Etwas Neues fängt an.

Wir nehmen Zaza mit in den Zirkus.

xxx

Oh Gott, oh Gott, die Frau mit den Tüchern war wieder da! Bei ihrem Anblick blieb mir die Luft weg. Ich konnte ihr nicht ins Gesicht sehen. Meine Wangen brannten und ich wurde vermutlich rot wie eine Tomate. Ob sie was gemerkt hat? Ich hasse sie!

Die Krankenschwester sagte, dass wir aufstehen und selbst ins Badezimmer können, und schickte die Frau weg. Gott sei Dank!

Diana wollte wissen, was los war. Was hätte ich sagen sollen? … Wie konnte mir das bloß passieren?

Nach dem Mittagessen, als wir allein auf dem Zimmer waren, überkam mich plötzlich eine Sehnsucht nach den Mohnblumen. Leichtes Zittern lief durch meinen Körper, von oben bis in die Zehenspitzen … Ist die Frau die Einzige, die bei mir die Mohnblumen hervorholen kann?

Ich möchte öfter Mohnblumen sehen! Aber das darf keiner wissen! Dieses Geheimnis gehört nur mir! Niemand darf davon erfahren, auch Diana nicht! Nicht einmal der liebe Gott …

xxx

Diana rempelt mich ständig an, damit ich den Mund halte, sie will hören, was die Ärzte reden.

Sie meint, wir müssten hier weg. Zazas Telefonnummer weiß sie aber auch nicht.

Wie sollen wir hier wegkommen? Warum? Und wohin? Können wir überhaupt den Weg nach Hause finden? Und was machen wir, falls das Hochwasser wirklich alles mitgenommen hat?

Aus dem Nebenzimmer duftet es manchmal nach Kaffee und Zigaretten. Das mag ich gerne. Zaza hat geraucht. Großmutter hat Kaffee getrunken. Wir haben selten Kaffee bekommen und wenn, dann nur eine halbe Tasse. Den Kaffeesatz durften wir auch nicht essen, dabei schmeckte der am besten.

Großmutter stellte den Kaffeekocher auf den Gasherd und ließ ihn nicht aus den Augen, damit der Kaffee nicht überlief. Nach einer Weile hörte man aber ein Zischen – Sch-sch-sch … und gleich danach Großmutters Schimpfen: »Ich Schlafmütze!« Wir hätten uns totlachen können. »Geschieht ihr recht, wenn sie uns keinen Kaffee zu trinken gibt«, sagte Diana immer.

Diana legt mir die Hand auf den Mund. Ich kann mir auf das Gerede der Ärzte keinen Reim machen. Neulich ging es um eine Zeitung und um Journalisten und »Anomalien.« Diana sagte, dass sie damit uns meinten. Bei jedem Fremdwort wie »Pathologie«, »Anomalie« oder »Therapie« nimmt sie an, es gehe um uns. Für mich klingt das eher wie ein Gedicht: Analyse – Anamnese – Diagnose … Das reimt sich sogar fast. Aber was es bedeutet, weiß ich nicht.

Es ging darum, dass man für Journalisten Hausverbot erteilt hatte. Außerdem sprachen sie über einen Artikel und über Geld und einen Direktor, der zu allem fähig sei … Wie soll man daraus schlau werden? Sie sagten auch, die Nachtschau sei nicht regalisiert oder so … Besser ich schreibe weiter. Was gehen mich fremde Geschichten an? Ach, jetzt haben sie gerade den Zirkus erwähnt! Schon wieder legte mir Diana die Hand auf den Mund, dabei war ich doch ganz still.

Rostoms Blick blieb am Bild seiner Mutter hängen. Das Foto hatte damals seine Tante für die Beerdigung ausgesucht. Fotografiert hatte es Rostoms Vater. Mutters leicht angegraute Haare waren zur Seite gekämmt und im Nacken zu einem Knoten hochgebunden. Auf ihrer schwarzen Bluse prangte eine Kette mit einem Medaillon. Obwohl es zum Teil vom Passepartout verdeckt war, konnte sich Rostom sehr gut an das Medaillon erinnern.

Es war in jenem kalten Mai passiert. Als Rostom damals nach Hause kam, griff er nach einem von Mutters Geburtstagsgeschenken und steckte es in seine Brusttasche. Es war das Geschenk seiner Tante, er hatte sich die Verpackung gemerkt. Er vermutete ein Parfüm darin und war sich sicher, dass es keiner vermissen würde. Seine Mutter trug ohnehin selten Parfüm, sie stellte die Fläschchen meistens auf das weiße, geschnitzte Holzregal und schenkte sie bei Gelegenheit weiter.

Am nächsten Morgen steckte Rostom das Päckchen in die Jackentasche und verließ das Haus. Er versuchte es im Bus aufzumachen, aber gegen die Schleifen war er machtlos. Lieber ließ er es sein, um die Verpackung nicht zu beschädigen. Er wollte ohnehin nur sicher gehen, dass es ein Parfüm war, also hielt er das Päckchen ans Ohr und schüttelte es kräftig.

Elene war längst wach, wenn sie überhaupt geschlafen hatte. Mit zerzaustem Haar kochte sie in der Küche Wasser für einen Tee. Bei Rostoms Anblick lächelte sie versöhnlich und nahm gleich ein zweites Teeglas aus dem Schrank. Sie mussten sich allerdings einen Teebeutel teilen. Sie stellte die beiden voll gefüllten Gläser, eins mit Zucker, das andere ohne, vorsichtig auf den Tisch, während sie mit ihren Augen bereits an Rostoms Jacke hing, aus der das Päckchen hervorlugte.

»Willst du es sehen?«, fragte Rostom zufrieden.

Freudig nahm Elene das Geschenk in Empfang und öffnete ungeduldig die bunte Schleife über dem knisternden Papier. Mit angehaltenem Atem sah ihr Rostom dabei zu. Elenes Gesicht spiegelte ihr Erstaunen und ihre Freude wider. In ihren feinen Fingern erstrahlte ein goldumfasstes, schwarz-weißes Medaillon. Rostom schluckte. Beide sahen gebannt auf den unbekannten Gegenstand.

»Yin und Yang«, sprach Rostom vor sich hin.

Elene blickte ihn erstaunt an. Sie drehte das Medaillon um. Auf der goldenen Rückseite war das Zwilling-Sternzeichen abgebildet. Auf der Vorderseite schlangen sich zwei Emaille-Tränen ineinander, schwarz und weiß, in jeder ein Pünktchen der anderen Farbe.

»Gefällt es dir?« Rostom versagte die Stimme und er nippte rasch an seinem Tee.

»Es ist … wunderbar.« Elene strahlte ihn mit weit geöffneten Augen an. »Und du erzählst mir immer, du hättest keine Ahnung von Astrologie?«

»Tja …« Rostom zuckte nervös mit den Schultern.

Elene zog eine silberne Kette unter ihrer Bluse hervor, nahm das kleine Silberblatt – das einzige Andenken an ihren Vater – ab und fädelte das Medaillon auf.

»Kannst du sie mir umlegen?« Freudestrahlend drehte sie Rostom den Rücken zu und entblößte ihren Nacken. Er stand wie vom Donner gerührt, allein der Gedanke, man würde das Geschenk bald vermissen, verursachte ihm Übelkeit.

Linas Tagebuch

Am vierundzwanzigsten Juni

Soll das eine vorübergehende Unterkunft sein? … Heute Nacht ging in unserem Zimmer plötzlich das Licht an und wir wurden aus dem Bett geholt. Zwei Weißkittel standen da und ein paar schwarz gekleidete Männer. Ich schaffte es gerade noch, meine Notizen von unter dem Bettlaken hervorzuziehen. Man gab uns eine Hose und einen Pullover zum Anziehen. Dann mussten wir in eine Kammer mitkommen, in der die Tür von alleine zuging. Der eine Mann drückte auf einen Knopf an der Wand und die Kammer setzte sich in Bewegung. Ich bekam richtig Angst! Erst später habe ich verstanden, dass wir mit einem Aufzug gefahren sind.

Draußen auf der Straße war es dunkel. Man schob uns in ein Auto.

Wir hatten schon ein paarmal in einem Auto gesessen, dem von Zaza, aber gefahren waren wir nie. Zaza hat uns nie zu einem Ausflug mitgenommen …

Meine Träume schienen in Erfüllung zu gehen, aber ich freute mich nicht.

Aus dem Fenster konnten wir auch andere Autos sehen. Einige fuhren schneller als wir. Manche Straßen waren von Straßenlaternen beleuchtet, von riesigen Häusern umsäumt. Wie viel kann in nur einer einzigen Stunde passieren … in einer oder zwei Stunden …

Das Zimmer, in das wir gebracht wurden, ist kleiner als das im Krankenhaus, auch die Decke ist niedriger. Das Bett ist sehr schmal, wir passen kaum hinein. Außerdem stinkt es hier entsetzlich. Und es ist ganz still.

Diana wollte die Tür öffnen, aber die war abgesperrt.

Man hat uns keine Decke gegeben. Ich friere.

Am fünfundzwanzigsten Juni

Heute wurden wir von einem entsetzlichen Lärm geweckt. Als ich die Augen öffnete, beugte sich ein großer Mann mit einem riesigen Kopf über uns. Ich hätte am liebsten sofort losgeweint. Auch ein anderer Mann und eine Frau standen im Zimmer. Plötzlich gingen sie alle hinaus und sperrten uns wieder ein. Das Zimmer hat keine Fenster. Ich ersticke.

Ich fragte Diana, wo wir denn seien, und sie brüllte zurück, woher sie das wissen solle. Sie habe doch immer gesagt, wir sollten aus dem Krankenhaus weg.

Man wollte uns doch in einen Zirkus bringen? Wer sind denn diese Leute? Was wollen sie von uns? Gott, steh uns bei!

Ich habe Hunger.

xxx

Als wir ein Klicken im Türschloss hörten, sprangen wir hoch. An der Schwelle stand eine große, lebende Puppe. Wir erstarrten. Sie lächelte uns an. Ich spürte Dianas Anspannung. Die Puppe machte einen Schritt auf uns zu. Ihre Lippen und Wangen waren rot bemalt, sie trug ein glänzendes Kleid. Sie stellte Wurst und Brot auf den Tisch und sagte, wir sollten etwas essen. Sprechen konnte sie also auch! Beim Hinausgehen schloss sie die Tür wieder ab.

»Ob die echt war?«, fragte Diana.

Vielleicht war es ein Kind … Von der Größe her würde es passen …

Als Kinder war der Spiegel in unserem Haus unser steter Begleiter. Noch heute sehe ich uns im gepunkteten Kleidchen unsere kleinen Nasen dagegendrücken. Zwei Linas, zwei Dianas, sagten wir immer wieder, bis sich der Spiegel beschlug. Damals trugen wir die Haare ganz kurz, erst als wir erwachsen wurden, hörte Großmutter auf, uns die Haare immer wieder abzuschneiden.

Die Puppe hatte auch kurze Haare, vielleicht war sie wirklich ein Kind?

Die Wurst haben wir gepellt und halbiert. Im Zimmer gibt es auch ein Badezimmer. Warum sperrt man uns ein? Das hat nicht einmal Großmutter gemacht.

Am sechsundzwanzigsten Juni
Diana wollte Papier haben. Ich habe selbst keines, was hätte ich ihr geben sollen? Sie wurde böse und nahm mir den Kugelschreiber weg. Ich hasse es, wenn sie so sauer ist.

Wir sollten gegen die Tür trommeln und schreien, dass wir hinauswollen, sagte sie.

Dann trauten wir uns aber nicht.

xxx
Es ist bestimmt wieder Nacht. Wir haben das Licht angelassen, damit wir uns nicht fürchten. Das hier ist mein letztes Stück Papier – und dann? Es ist sowieso nur dummes Zeug, was ich schreibe, bloß Papierverschwendung … Im Zimmer stehen zwei Kisten auf dem Boden. Es ist leider kein Papier drinnen, sondern nur bunte Stofffetzen. Wir decken uns damit zu.

Als wir auf die Toilette gingen, riss mir Diana das Tagebuch aus der Hand: »Du weißt ja, dass wir kein Toilettenpapier haben!« Sie hat nicht alle Tassen im Schrank. Warum quält sie mich so? Ich drückte die Blätter an mich, dabei gingen ein paar Seiten kaputt.

Wie dumm du bist, Diana! Wenn ich schreibe, linst du herüber, tust aber, als würde es dich gar nicht interessieren! Hier, bitte, lies dich satt: Du bist blöd, bescheuert und böse!

»Nimm sie ab!«, sagte Rostom zu Elene. Bis auf die lange Kette mit dem goldenen Medaillon war sie nackt, ihr langes Haar war offen. Sie sah ihn an und nahm die Kette ab.

Dann ließ sie den Schmuck auf dem Stuhl neben ihrer Kleidung liegen.

Sie schmiegte sich an seinen muskulösen Körper und strich ihm mit ihren schönen, langen Fingern über die Brust. Ohne eine Antwort zu erwarten, sagte sie immer wieder, dass sie ihn liebte, und lauschte friedlich seinen Atemzügen.

»Ich dich auch«, erwiderte er auf einmal unerwartet.

Wenig später an jenem Tag ließ sich das Medaillon nicht mehr finden. Ela weinte und die vielen Tränen machten ihre ohnehin länglichen Augen noch schmaler.

»Verzeih mir, bitte … Was soll ich nur tun? Ist das ein böses Omen? Ich habe überall gesucht, aber ich kann es nirgendwo finden.« Elene hielt die bloße Kette in der Hand.

»Ist nicht schlimm …« Rostom versuchte sie zu beruhigen. »Ich schenke dir etwas anderes«, versprach er und konnte kaum abwarten, sich von ihr zu lösen.

Das Medaillon brachte er heimlich zurück zu seiner Mutter.

Seit einer Woche herrschte große Aufregung im Haus. Alle waren wegen des Diebstahls besorgt und überlegten fieberhaft, welcher Gast dazu fähig gewesen wäre …

Sogar das Hausmädchen wurde verdächtigt. Rostom bekam es mit der Angst zu tun. Ihm fiel keine andere Lösung ein, als Elene das Medaillon heimlich wieder wegzunehmen.

»Gold sucht sich manchmal ein Versteck …«, mit diesem einfachen Spruch erklärte sich die Familie die Wiederkehr des verschwundenen Schmuckstücks und atmete erleichtert auf.

»Gold sucht sich manchmal ein Versteck …«, sagte auch Rostom zu Elene und tätschelte ihre Schulter.

Danach hat er ihre Liebesbeteuerungen nie mehr erwidert. Seine Gewissensbisse lösten sich rasch auf und sein Versprechen, Elene etwas Neues zu schenken, hatte er auch bald vergessen.

Linas Tagebuch

Am ersten Juli
Wir haben uns Papier organisiert.

Wo soll ich nur anfangen. Ich weiß nicht einmal, wie viele Tage bereits vergangen sind. Weder wissen wir, wo wir sind, noch wie lange wir hier bleiben und warum. Obwohl wir nicht mehr krank sind, zwingt mich Diana liegen zu bleiben, als wären wir noch immer schwach. Ich fürchte mich vor dem großen Mann. Er möchte, dass wir bald aufstehen und loslegen. Aber womit eigentlich? »Das ist hier ist kein Lazarett«, schreit er. Essen wird uns weiterhin von der kleinen Frau gebracht. Sie ist kein Kind und eine Puppe schon gar nicht. Die Portionen sind klein, im Krankenhaus hat es besser geschmeckt. Außerdem stinkt es hier ganz furchtbar und man hört immer wieder seltsame Geräusche, etwas wie Brüllen oder Heulen … keine Ahnung, was das ist … und manchmal wird so laut Musik gespielt, dass mir fast das Trommelfell platzt. Ich versuche dann mit einem Lied dagegen anzusingen, den Text und die Melodie habe ich mir selbst ausgedacht. Das hilft ein bisschen.

Immer wieder geht die Tür auf und Leute kommen herein, man zeigt auf uns und zerrt uns aus dem Bett. Heute sagte jemand zu einer Frau und zwei Männern, sie sollten sich überlegen, was man daraus machen kann. Die Frau hatte in den Manteltaschen viele Pinsel stecken und ihre Finger waren mit Farbe beschmiert. Sie fasste mich am Kinn und sagte, wir hätten hübsche Gesichter.

Der schreckliche Riese zwingt uns zu Leibesübungen, wir müssen aufstehen, in die Hocke gehen, uns hinsetzen, dann wieder aufstehen und die Arme strecken. Auf einem Bein stehen können wir nicht.

Das alles ist wie ein schlechter Traum, schlimmer als die Zeit im Krankenhaus, viel schlimmer. Bin ich in einen falschen Traum geraten … Wollte man uns nicht einen Zirkus zeigen?

Am zweiten Juli
Ich dachte, die Frau mit den Pinseln wäre eine Malerin. Gestern ist sie allein zu uns gekommen, hat uns gemustert und mit einem Stoffband gemessen. Dann hat sie uns ein Bonbon geschenkt. Ich glaube, sie ist nett. Ich habe sie nach Papier gefragt. Sie sagte verwundert, sie habe keines dabei. Wie kommt das? Eine Malerin ohne Papier? Dann brachte sie uns einen kleinen Notizblock, sie habe ihn in ihrer Tasche gehabt, meinte sie und wollte wissen, wie viele Blätter wir brauchten. »Alle!«, rief Diana. Das war mir peinlich. Sie vermisste ihr Tagebuch so sehr, dass sie mir vor ein paar Tagen den Kugelschreiber wegnahm und das Bettlaken beschrieb. Ich hätte gerne was gelesen, konnte aber kaum etwas erkennen. Außerdem mussten wir uns auf den Bauch legen, damit sie schreiben konnte. War das eine Quälerei! Nun habe ich endlich Ruhe.

Den Notizblock haben wir in zwei Stücke gerissen. Auf dem Vordereinband prangt ein rosa Herzchen, dieser Teil gehört mir! Den schmucklosen Hintereinband und das Bonbon hat Diana bekommen.

Meine Schwester mag mein Gedicht nicht. Mir gefällt es aber, und singen kann ich auch gut:

Blau oder hellblau mag sein das Meer,
die ruhlosen Wellen wecken mein Begehr,
uns zu tragen in milchige Ferne zur Rast
erholen vom Schleppen des Körpers Last.

Was versteht sie schon davon … Ihre dumme Schwester trällert selbst hier fröhlich herum, das hat sie auf das Bettlaken geschrieben. Und falls ich es richtig entziffert habe, meinte sie auch noch, dass wir aus dem Zirkus fliehen müssen. Was sollte das wieder heißen? Welcher Zirkus?

Dianas Tagebuch

2. Juli
Endlich Papier …

Ich hasse den Zirkus! Ich hasse das Zimmer, in dem sie uns eingesperrt halten, ich hasse das ganze Drumherum: die engen Gänge, die stickigen Räume mit staubigen Klamotten, all die seltsamen, verrückten Leute und den schrecklichen Riesen … Keiner hat nach unseren Namen gefragt. Man nennt uns *Dwoika*. Ich glaube, das kommt aus dem Russischen. Man scheint hier häufig russische Wörter zu benutzen.

Mir kommt es vor, als gäbe es in diesem Gebäude keine Tür nach draußen. Wie kommt man hier raus? Durch die einzigen zwei Fenster, an denen ich bis jetzt vorbeigegangen bin, konnte man nur andere Mauern sehen. Als wären wir in einem Betonkasten eingesperrt. Die seltsame Kind-Frau ist ein Liliputaner, deshalb nennt man sie Lili.

An die Frau mit dem Notizblock haben wir uns inzwischen gewöhnt. Ihr Zimmer riecht auch besser. Auf dem

Tisch türmt sich verschiedenes Zeug: bunte Farbtöpfchen, Lippenstifte, Bleistifte, Pinselchen. Auch Wachstuchtaschen hat sie dort stehen, ähnlich der, die wir zu Hause hatten. An der Wand hängen zwei große Spiegel mit Glühbirnen im Rahmen. Die Frau schminkt all die Leute hier. Sie ist immer in Eile und murmelt vor sich hin. Auch uns möchte sie schminken. Das würde mir nichts ausmachen, aber ich verstehe noch immer nicht, was man mit uns vorhat. Es ist so hektisch hier, alle laufen pausenlos auf den Gängen hin und her. Ich kann den Tag nicht mehr von der Nacht unterscheiden. Ich bekomme nicht mit, wann es hell wird. Wir werden von Musik geweckt. Zweimal, manchmal auch dreimal am Tag. Dann hört man Applaus, einen richtigen Beifallssturm. Irgendwo muss es hier Menschen geben, viele Menschen. Mir macht das Angst.

Linas Tagebuch

Am dritten Juli
Sind wir denn wirklich in einem Zirkus? Heute waren so viele Leute in unserem Zimmer, dass man kaum einen Fuß vor den anderen setzen konnte. Wir mussten auf dem Bett sitzen bleiben. Sie musterten uns, fassten uns an.

Weiß bemalte Gesichter, bunte Haare und grelle Pappnasen … das kenne ich, das sind Clowns! Die sollten doch eigentlich nett sein. Auch die kleine Frau schlich herein. Ich freute mich, dass sie da war, vor ihr habe ich keine Angst. Dann ist auch noch eine andere, große und schöne Frau gekommen, in einem kurzen, glänzenden

Kleid. Früher hatte ich davon geträumt, solche Kleider zu nähen.

Erst das Brüllen des schrecklichen Riesen hat sie alle weggetrieben. Nur Lili, so heißt die kleine Frau, und die große Schöne sind geblieben. »Die Dwoika läuft euch nicht weg, die könnt ihr auch später begaffen, jetzt an die Arbeit!«, tobte er. Gebückt und mit schiefem Kopf zwängte er sich in unser Zimmer und wollte wissen, ob wir singen können. Lili verneinte. Aber ich kann doch singen? Dann fragte er die Schöne nach den Plänen des Regisseurs. Sie antwortete, dass man zwei ähnliche Mädchen brauche und dass es morgen ein Casting gebe. Was heißt das?

Was läuft hier überhaupt? Ständig hört man ein Jaulen und Schnaufen oder sogar Heulen? Ich verstehe nichts und habe Angst.

Der schreckliche Riese fragte nach unserem Alter. Als wir ihm sagten, dass wir sechzehn sind, bekam er einen Wutanfall. »Nicht sechzehn, achtzehn seid ihr«, brüllte er. Wieso achtzehn? Im September werden wir siebzehn.

Am vierten Juli
Ein echtes Pferd … so groß! Einer führte es durch den Gang. Wir drückten uns gegen die Wand.

In das Zimmer von der Pinselfrau brachte man fünf Mädchen und verglich sie mit uns. Sie sahen uns an, als würden sie sich vor uns fürchten. Auf keinen Fall wollten sie uns näher kommen. Schließlich schickte man alle bis auf zwei hinaus. Die beiden sind blond wie wir, haben aber kürzere, schulterlange Haare.

Dianas Tagebuch

4. Juli
Offensichtlich halten sie hier auch Tiere. Und die hören wir. Ob der Gestank von ihnen kommt? Werden sie gequält oder warum heulen sie so? Gut, dass es Stimmen von Tieren sind … Bis jetzt ist uns hier zwar nichts Böses getan worden, aber ich ahne Schlimmes, ich bin ganz angespannt.

Eine Frau, die wir vorher noch nie gesehen hatten, sagte uns, wir sollten in den Schminkraum kommen, sie würde dort auf uns warten. Erst in dem Moment habe ich kapiert, dass man uns nicht mehr einsperrt. Wo ist dieser Schminkraum bloß?

5. Juli
Lina weint. Man hat uns die Haare geschnitten, jetzt reichen sie uns bis zu den Schultern. Da ich Schlimmeres erwartet habe, macht es mir nicht so viel aus. Trotzdem wurde mir schwer ums Herz , als ich unsere Haare auf dem Boden liegen sah. Dann wurden sie zur Seite gefegt. Unsere Mutter hat ihre Haare lang getragen …

Wir sollen in unserem Zimmer warten. Man würde uns schwarz-weiß schminken. Lina schwarz und mich weiß. Als ob das wichtig wäre …

Linas Tagebuch

Am fünften Juli
So wurden wir noch nie behandelt, nicht einmal der furchterregende Riese, der immer nur herumschreit und uns im Zimmer einsperrt, war so grob. Als hätte man mir einen Körperteil

amputiert. Man packte mich am Kopf und hielt ihn fest in der Zange. Schon das Klacken der Scheren tat mir in der Seele weh, alles zog sich in mir zusammen. Während meine Haare auf den Boden fielen, kullerten dicke Tränen meine Wangen herunter. Widerliche Frau! Wie konnte sie nur …

Die Pinselfrau gab mir ein Medikament, etwas zur Beruhigung, sagte sie. Diana verbot mir, es zu nehmen, wir versteckten die Pille in unserem Zimmer.

Großmutter hatte immer gesagt, mit Medikamenten sollte man ganz vorsichtig umgehen. Sie schärfte uns ein, nie etwas von ihrer Medizin zu nehmen, wenn wir uns nicht umbringen wollten.

Was kommt noch?

Im Krankenhaus hat man uns nur die Fingernägel geschnitten. Dort war es viel besser als hier, da mussten wir keine Angst haben …

Am sechsten Juli
Durch einen abschüssigen Gang brachte man uns in einen Raum mit einer Leiter, über die man zu einer Öffnung in der Decke gelangte. Sobald wir die Trommel hörten, mussten wir hineinklettern. Wir kamen kaum durch. »Los, Bewegung!«, schrie uns einer zu. Jetzt gibt es Essen, später schreibe ich weiter.

Dianas Tagebuch

6. Juli
Und wenn wir sie nicht zufriedenstellen mit unserem Können, was passiert dann? Ständig schiebt man uns herum,

wirft uns irgendwelche Klamotten über, die wir rasch wieder ausziehen müssen, lässt uns auf die Leiter steigen. Wir haben kaum Zeit zum Nachdenken. Bis jetzt war aber nichts, was wir hier machen mussten, gefährlich …

Wenn ich nur wüsste, wie wir hierhergekommen sind. Wir müssen den Eingang finden … Dort geht es bestimmt auch wieder hinaus!

Bisher kennen wir nur den Weg über die Leiter. Die Öffnung führt in einen dunklen Kasten. Mir kommt vor, als wäre ich schon einmal dort gewesen. Seltsam, wie soll das gehen?

Oben wirbelt die Trommel, man ruft uns, wir sollen schnell hinaufklettern. Ist das alles? Hat man uns nur deswegen hierhergebracht? Was wohl Lili und die schöne Frau machen? Und die anderen? Warum muss Lili nicht nach oben klettern? Sie würde bestimmt besser durch die Öffnung passen als wir.

Linas Tagebuch

Am zehnten Juli
Mir stockte der Atem. Angestrengt blinzelte ich gegen das starke Licht. Erst allmählich konnte ich die Sitzreihen erkennen. Der Saal ist unglaublich groß. Ich versuchte ihn mir voller Kinder vorzustellen. Kommen überhaupt so viele Kinder zu einer Vorstellung? Bestimmt sind auch Erwachsene dabei. Ob auch unsere Ärzte kommen? Der Waschfrau möchte ich hier nicht begegnen.

Wenn man dem Publikum gefällt, klatscht es Beifall. Die Musik finde ich nicht mehr so ohrenbetäubend, ich habe mich daran gewöhnt. Ob uns die Leute mögen werden? Und wenn wir es nicht schaffen? Hauptsache, wir klettern ganz schnell hinauf und man lässt uns aus dem Kasten.

Nur das mit der Schminke habe ich nicht verstanden. Nicht nur wir, sondern auch die beiden anderen Mädchen sollen geschminkt werden. Das eine schwarz, wie ich, und das andere weiß.

Bisher nannten sie uns *Dwoika* oder *Dwoinaja*. Jetzt haben sie einen anderen Namen für uns, den habe ich mir aber noch nicht gemerkt.

Dianas Tagebuch

10. Juli
Diesmal machten sie den Kasten auf. Er steht mitten in der Manege! Ein riesiger Platz um uns herum. Alles glänzt und strahlt. Mein Herz raste. Ich weiß nicht, was ich von dem Ganzen halten soll, aber immerhin ist es etwas Neues. Die Decke ist sehr hoch, unglaublich hoch. Am liebsten würde ich sofort hinauffliegen! Oben in der Luft hängen irgendwelche Eisengerüste, Röhren und Leinen … Lina und mir wurde aufgetragen, vier Schritte nach vorn zu machen und dann *Baklon*, keine Ahnung, was das heißen soll, ich habe an Balkon gedacht und mir das so gemerkt. Wir müssen den Kopf beugen und dann ab hinter die Kulissen. Das war's auch schon.

Linas Tagebuch

Am dreizehnten Juli
Hier gibt es offensichtlich viel mehr Menschen, als wir gedacht haben. Nicht nur die Clowns laufen hinter den Kulissen, sondern auch viele gleich angezogene Tänzerinnen. Man kann sie kaum voneinander unterscheiden. Großmutter hätte sie halbnackt geschimpft. Sie regte sich über solche Frauen auf. Soweit ich weiß, läuft man so am Strand herum.

Hier ist keinem etwas peinlich. Alle ziehen sich offen aus und an.

Heute erzählte die Schöne der Frau mit den Pinseln, dass ihr einer die Strumpfhose zerrissen hat und dass sie dafür einen Schein mehr haben wollte. »Wie wilde Tiere«, ereiferte sich die Pinselfrau, und die Schöne sagte, er habe Hände wie Schmirgelpapier gehabt, und sollte er nicht zahlen wollen, würde er sein blaues Wunder erleben. Wir hören viele solche Geschichten, können uns aber keinen Reim darauf machen. In Büchern oder Filmen ist das alles leichter zu verstehen …

Lili ist lieb. Die verstehen wir ohne Probleme. Neulich gab sie uns ein Kaninchen zu halten. Es fühlte sich genauso flauschig an, wie wir uns immer gedacht hatten, und es hat uns nicht gebissen!

Dianas Tagebuch

13. Juli
Was hat sich geändert, seitdem uns die Großmutter nicht mehr ans Tischbein bindet? Nachdem sie damit aufgehört hatte, liefen wir trotzdem nicht weg. Auch als mir die Ärzte die

Schläuche aus der Nase zogen, rannte ich nicht weg. Anfangs hat man uns eingesperrt, jetzt steht die Tür offen – worauf warte ich eigentlich? Auf die Aufführung? Damit wir etwa direkt aus der Manege flüchten? Das würde nicht gehen … Und wenn doch, wo würde ich hinlaufen, wohin würde ich vor meiner Schwester fliehen? Oder vor mir selbst? Was würde ich mit meiner Freiheit anfangen?

Wie sieht denn das Leben aus, wenn man keine Gefangene ist?

Lina träumt wenigstens vom Meer, von unserem Vater oder davon, Modedesignerin zu werden … Aber ich? Was will ich?

Man kann nicht überallhin. Dann ist womöglich das Einzige, worauf es ankommt, die Entfernung? Großmutters Gürtel reichte nicht einmal vom Tisch zur Tür. Die Kammer hier ist sehr klein, halb so groß wie unser Zimmer im Krankenhaus. Heute darf ich mich frei durch den Betonklotz bewegen. Auch wenn wir nicht überallhin dürfen, haben wir schon auf der Bühne gestanden. Was passiert, wenn ich einfach weitergehe? In die Stadt oder aufs Land. Mir Häuser, Wälder, Berge ansehe. Das Meer … Die feinen Linien überquere, die auf unserer Karte eingezeichnet waren. Durch fremde Länder reise. Die Erde ist rund und der Weg führt wahrscheinlich wieder hierher. Der Unterschied liegt in der Entfernung. Wer hält mich eigentlich gefangen? Unser Haus, das Krankenzimmer, die Kammer hier, das Zirkusgebäude oder die ganze Welt? Das Maß der Dinge macht den Unterschied aus – die Größe der Kammer, die einem zugeteilt wurde …

Linas Tagebuch

Am dreizehnten Juli

Ich träumte vom Garten, unserem Garten,
den prächtigen Farben der Hecken,
wo Pfirsich und Apfel mitsammen verwachsen,
als einzelner Baum sich zum Himmel strecken.
Der tobende Fluß hielt inne,
zu mir sprach plötzlich die Stille.
Als wär ich nie fort gewesen,
ich selbst wie ein Baum erstarrt stand,
von Erde und Wind,
von mir und dem Leben überrannt.

Rostom bat einen Kollegen, ihn zu vertreten, und nahm ein paar Tage frei. Dringende ärztliche Untersuchungen schwindelte er vor. In letzter Zeit fiel ihm das Unterrichten außergewöhnlich schwer. Ohne Alkohol wurde die Welt zunehmend blasser, auch nach der Arbeit gab es nichts Interessantes mehr zu besprechen.

Als er im Fahrstuhl auf den Knopf drückte, ging die Tür zwar zu, aber die Kabine blieb stehen. Er war nicht allein. Die Frau neben ihm wurde ängstlich, sie blickte nervös auf ihre Schuhe und zuckte immer wieder zusammen. Eine andere hatte es eilig, sie müsse ihr Kind abholen, schrie sie in ihr Handy. Ein Mann mit Aktentasche war zu einer Sitzung unterwegs, er sah immer wieder auf seine Armbanduhr und murmelte nervös vor sich hin. Auch ein junges Mädchen, vermutlich eine Studentin, befand sich im Aufzug, sie trug einen Rucksack mit herunterbaumelnden Anhängern, der riesig war und viel Platz einnahm. Ihr Freund stand draußen vor der Tür und sie versuchte ihn durch die Türritze mit ihrem Kugelschreiber zu erwischen, dabei kicherte sie.

Rostom verfiel nicht in Panik, keiner erwartete ihn. Er sagte kein Wort. Ohne etwas machen zu müssen, nahm er am Leben anderer Menschen teil, und das erfüllte ihn mit dumpfer Schwermut. Eine Leere breitete sich in ihm aus. So ähnlich fühlte er sich abends, wenn er vor dem Zubettgehen kurz zu den hell erleuchteten Fenstern des Nachbarhauses blickte.

Am nächsten Tag hatte er in der Staatsanwaltschaft zu erscheinen.

Linas Tagebuch

Am sechzehnten Juli
Heute ist unser Auftritt. Heute, heute …

Ein wichtiger Tag …

Man hat extra für uns ein Kleid genäht. Dianas Hälfte ist aus weißem Stoff, mit einem schwarzen Kreis auf Kniehöhe. Mein Kleid ist schwarz mit einem weißen Kreis auf der Brust. Ich habe mir gemerkt, wie sie uns jetzt nennen: *Yin und Yang*. Auch unser Auftritt heißt so. Die Haare tragen wir hochgesteckt. Die beiden Mädchen hat man genauso geschminkt wie uns, schwarz und weiß. Sie sind uns ähnlich gemacht, tragen sogar die gleichen Kleider wie wir. Man hat uns verboten, uns hinzusetzen. Auf unser Zimmer ließen sie uns nur unter der Bedingung, dass wir uns nirgendwo anlehnten. Wir schreiben im Stehen. Ich bin so aufgeregt …

Wir werden Kinder sehen, echte Kinder. Wie ich mich freue! Bis zur Aufführung sind es, glaube ich, noch zwei Stunden. Heute Morgen hatten wir die letzte Probe. Man hat uns gelobt. Wenn alles gut geht, bekommen wir das alles ohne Probleme hin. Trotzdem bin ich unruhig …

Dianas Tagebuch

16. Juli
Wir sind steif wie ein Besenstiel, nicht zum Aushalten! Die Maskenbildnerin meinte, in zehn oder fünfzehn Minuten dürften wir uns hinsetzen. Meine Haut spannt, als wäre sie aus Kunstleder. Im Spiegel erkenne ich mich nicht wieder. Wir sehen aus wie eine Statue. Im Schminkraum hängt eine Uhr an der Wand. Geht sie richtig? Um diese Uhrzeit haben wir früher schon geschlafen. Müssten Kinder nicht längst im Bett liegen? Anscheinend nicht, denn sie dürfen in den Zirkus gehen. Heute ist ungewöhnlich viel los. So viele Menschen, auch diese halbnackten Synchrontänzerinnen laufen herum. Eine rempelte mich an, sodass sie von meiner Farbe etwas abbekam, und wurde wütend. Ich verstand sie nicht. Sie sprach eine andere Sprache, wahrscheinlich Russisch.

Linas Tagebuch

xxx
Gleich geht es los, wir durften noch kurz auf unser Zimmer, aber jetzt müssen wir gleich nach unten, man hat uns schon gerufen. Vorhin sind wir im Gang einem Mann begegnet.

Mir wurde ganz seltsam zumute. Dieser Mann … wie soll ich sagen … dieser Mann ist anders als die anderen hier, er ist ein Zauberer! Es war unfassbar, er hat aus dem Nichts einen Blumenstrauß gezaubert! Ich traute meinen Augen nicht, meine Mohnblumen! Zwar sind sie nicht echt, dafür welken sie nicht! Ich darf sie für immer behalten … Diana drängelt, wir haben keine Zeit zum Schreiben. Unsere Nummer fängt an!

Dianas Tagebuch

xxx

Es waren keine Kinder da. Geblendet von dem starken Licht konnte ich gerade noch erkennen, dass es im Publikum viele Männer und kaum Frauen gab … Sie klatschten nicht nur Beifall, sondern pfiffen und johlten. Wir haben alles so gemacht, wie man es uns aufgetragen hatte. Als wir die Bühne verlassen wollten, rief man uns zurück und wir mussten noch eine Weile stehen bleiben und uns nach rechts und nach links drehen.

Keiner sagte, ob wir gut waren oder nicht. Sie redeten untereinander, aber ich verstand schon wieder nicht, was die Wörter bedeuteten: Sensation … Furore … Ich muss später Lili fragen oder die Maskenbildnerin. Mir war ganz komisch. Als hätten wir etwas Bedeutendes vollbracht. Man hat uns aber applaudiert?! Also müssen wir gut gewesen sein.

Man ruft nach uns, wir müssen los.

Linas Tagebuch

xxx

Ich bin so aufgewühlt, heute Nacht werde ich bestimmt nicht einschlafen können. Ich bin müde, aber mein Herz rast vor Freude … Wir haben es geschafft.

Als im Applaus auch Männerrufe zu hören waren, bekam ich es mit der Angst zu tun. Kinder waren keine gekommen. Vielleicht ist das doch kein Zirkus? Oder ein Zirkus … für Erwachsene?

Die Männer klatschten und riefen Bravo. Also müssen wir ihnen gefallen haben. Später schreibe ich mehr, jetzt habe ich keine Zeit.

Dianas Tagebuch

xxx

Es war furchtbar!

Langsam beruhigen wir uns wieder, Lili ist gerade gegangen. Sie hat lange bei uns gesessen und uns gestreichelt. »Keine Angst, ihr braucht keine Angst zu haben«, sagte sie immer wieder, »ist doch gar nicht so schlimm gewesen.« Woher will sie das wissen? Was soll nicht so schlimm gewesen sein?

Wir mussten uns das Kleid ausziehen und uns einen Plaid um den Körper schlagen. Dann brachte man uns in den Pferdestall. Eine Weile passierte nichts. Auf einmal tauchte dort der seltsame Mann auf, dieser Zauberer. Er ist wirklich ganz komisch … Als Lina ihn bemerkte, erschauderte sie und zog sich krampfhaft den Plaid bis zum Kinn, die Begegnung war ihr peinlich.

Er rief: »Yin Yang, gut gemacht, *Molodetz*!«, und weg war er wieder.

Dann führte man uns in einen anderen Raum und dort passierte das Unglaubliche, ein Albtraum. Noch jetzt zittere ich am ganzen Körper. Wir mussten uns barfuß vor die Wand stellen. Dann riss man uns die Decke weg, sodass wir nackt dastanden, und spritzte uns mit einem Schlauch ab. Der Wasserstrahl war so hart, dass wir fast umgefallen wären. Wir kreischten in Panik. Wildfremde Menschen stürzten herein. Außer unserem Kreischen hörte ich nichts. Ich wäre fast gestorben vor Angst. Wir schrien so lange, bis man das Wasser ausmachte. Aber auch dann kreischten wir weiter … Es dauerte, bis wir uns wieder halbwegs beruhigt hatten.

Kommen die Stimmen, die wir in unserem Zimmer manchmal hören, etwa von hier? Womöglich werden hier nicht Tiere, sondern Menschen gefoltert? Was geht hier vor?

Wir haben doch gemacht, was sie wollten, warum haben sie uns das angetan?

Gerettet hat uns die Maskenbildnerin. Sie holte uns und machte uns mit einem Tuch sauber. Die Farbe ging sehr schlecht ab.

Es war die Hölle …

Linas Tagebuch

Am sechzehnten Juli

Mein Gott, warum wollten sie uns bestrafen?

Ohne die Pinselfrau wären wir nicht mehr am Leben! Warum wollten sie uns umbringen? Wollten sie uns nur für die eine Aufführung haben? Lili sagte, man hätte uns bloß waschen wollen. Was für ein Quatsch! Sogar die Pferde wieherten vor Angst. Ich zittere immer noch am ganzen Körper und kann kaum schreiben … Warum lügt Lili uns an? Weiß sie nicht, was man vorhatte? Sie glaubt uns nicht … Vor dem Hochwasser hat uns schließlich die Pinselfrau gerettet. »Was macht ihr da, wisst ihr nicht, was die beiden durchgemacht haben?«, schrie sie die anderen an. Gott sei Dank …

Später brachte uns Lili Schnaps. Er schmeckte ganz widerlich, wir bekamen kaum einen Schluck hinunter.

Heute Nacht schlafe ich mit den Mohnblumen ein.

»Sie kannten die Verunglückten also nicht?« Der Staatsanwalt sah Rostom prüfend an.

»Welche Verunglückten?«, fragte Rostom verlegen, »Die Verstorbenen? Nein … Ich höre zum ersten Mal von diesem Fall … Es handelt sich sicher um eine Verwechslung.«

»Wir dachten, Sie wüssten Bescheid … Wir sind verpflichtet, Familienmitgliedern Zugang zu allen Details zu ermöglichen. Zumal die Ermittlungen bereits laufen und Sie zu einer Aussage verpflichtet sind.« Der Staatsanwalt sah in die Akte, »Herr Mortschiladze … Sind Sie als Vormund der Verunglückten bestellt worden?«

»Wie … als Vormund? Von welchen Familienmitgliedern sprechen Sie? Ich …«

Eine Polizistin kam herein und flüsterte dem Mann etwas zu.

»Entschuldigen Sie, bitte«, sagte der Staatsanwalt, »Ich bin gleich wieder da.«

Rostom sah ihm verärgert nach. Auf dem Tisch lag ein Papierstapel, ganz oben stand »Ärztliches Gutachten« geschrieben. Rostom las: »Der Tod ist durch Einnahme einer

Überdosis frei zugänglicher Medikamente eingetroffen.« Verkehrt herum ließ sich der Text nur mühsam entziffern. Unter den aufgezählten Medikamenten fielen Rostom plötzlich seine Mittel gegen Bluthochdruck und gegen die Aufregung auf. Er sah sich kurz um, zog den Stapel vorsichtig heran und begann zu lesen.

Das ärztliche Gutachten listete die Organe der siamesischen Zwillinge auf:

- zwei Nervensysteme
- zwei Speiseröhren
- 4 Lungenflügel
- zwei Herzen

»Was soll der Unsinn?!«, murmelte Rostom und las weiter.

- eine Leber
- zwei Gallenblasen
- zwei Mägen

Ohne seine Lesebrille musste Rostom die Augen zusammenkneifen und starrte angestrengt in die Papiere.

- drei Nieren
- ein Mastdarm
- ein Urogenitalsystem
- ein reproduktives Organ, weiblich

Der Staatsanwalt kehrte auf leisen Sohlen zurück. Bei seinem Anblick legte Rostom beschämt die Dokumente zurück.

»Wie sind Sie auf mich gekommen? Nicht Sie, sondern ich sollte die Polizei rufen!«, sagte er aufgeregt.

»Herr Mortschiladze, wir erfüllen nur unsere Pflicht. Wenn Sie uns etwas zu sagen haben, höre ich Ihnen gerne zu. Deswegen haben wir Sie auch hierherbestellt. In den zwanzig Jahren, in denen ich als Staatsanwalt tätig bin, habe ich nichts Ähnliches gesehen. Entführung,

Trafficking, also Menschenhandel, Kinderprostitution, Organhandel, wie gesagt, ich habe alles Mögliche erlebt, aber so etwas …«

»Von wem haben Sie meine Telefonnummer? Falls Sie immer so arbeiten, dann wundere ich mich gar nicht, dass sie Probleme mit Prostitution und Traffi … diesem Trafficking … haben«, stotterte Rostom wütend. »Wie kommen Sie darauf, ich hätte etwas mit einer solchen Missgeburt zu tun?« Mit zitternder Hand zog er ein Taschentuch aus der Hosentasche und wischte sich die Stirn ab. Seine Ohren brannten. Wie aus weiter Ferne hörte er noch den Staatsanwalt rufen: »Ein Glas Wasser, bitte!«

Linas Tagebuch

Am fünfundzwanzigsten Juli
Wir haben kaum noch Zeit zum Schreiben. Der Riese sagt, das Publikum möchte etwas zu sehen bekommen, also bringt man uns Tanzen bei. Er schreit ununterbrochen, aber wir fürchten uns nicht mehr. Wenn Lili vorbeigeht, knufft er sie oder gibt ihr einen Klaps auf den Hintern. Sie regt sich nicht darüber auf, sondern lächelt ihn nur an. Manchmal setzt sie sich auf seinen Schoß, da passt sie wunderbar hin.

Jeden Morgen, oder eher am Nachmittag, werden wir vom Lärm geweckt. Bei der Aufführung läuft immer Musik. Ich würde so gerne mal eine Vorstellung sehen, aber das dürfen wir nicht. Nachdem das Publikum gegangen ist, wird aufgeräumt und erst dann dürfen wir die Manege betreten.

»I raz i dwa, i raz i dwa«, schreit die Schöne.

Anfangs war das Tanzen sehr mühsam. Mittlerweile geht es aber. Ein Schritt, zwei Schritte, drei Schritte und Drehung. Eins zwei, eins zwei. Es ist eigentlich gar nicht schwer. Anfangs verkrampfte ich, wenn der Zauberer vorbeikam, so peinlich war es mir, jetzt freue ich mich und das Tanzen macht mir sogar mehr Spaß. Er heißt Sascha; ich mag den Namen. Mal hat er eine Taube auf seiner Schulter sitzen, mal schaut ein Hamster aus seiner Jackentasche.

Heute hat er uns wieder einen Trick vorgeführt – er zog bunte Bälle aus unserem Pullover, obwohl wir gar keine dabeihatten. Auch Diana verstand nicht, wie das ging … Er zaubert aber nicht für jeden. Uns mag er.

Wenn ich an unsere Aufführung denke, bekomme ich jetzt schon Herzklopfen. Noch werden wir schwarz-weiß geschminkt und kriechen durch den Kasten auf die Bühne. Bald aber werden wir wie die anderen aus der Kulisse treten und tanzen. Was ziehen wir wohl Schönes an?

Dianas Tagebuch

26. Juli

Während wir im Kasten hinaufkriechen, klettern die beiden Mädchen unter die Bühne. Jetzt habe ich es verstanden! Das Publikum denkt, sie hätten sich in uns verwandelt. Langsam kenne ich mich aus mit den Tricks, die von Sascha verstehe ich noch immer nicht.

Der Akrobat zum Beispiel, der speit kein Feuer, sondern füllt sich den Mund mit Spiritus, spuckt ihn aus und zündet die Flamme an. Das kann ich doch auch. Jeder Zauber ist nur so lange interessant, bis man verstanden hat, wie er in Wirklichkeit funktioniert.

28. Juli
Schon wieder das seltsame Gefühl, bereits hiergewesen zu sein. Heute hat man Rauch über der Bühne steigen lassen. Meine Augen und mein Hals brannten, für einen Moment konnte ich nichts sehen. Da fiel mir alles wieder ein … Im Krankenhaus hatte ich Lina verlassen. Sie dachte, ich hätte geschlafen. In Wirklichkeit aber war ich aufgestanden und gegangen. Plötzlich hatte ich zwei Beine und zwei Arme, brauchte also keine Lina mehr zum Laufen. Ich kam an einen dunklen Ort, ungefähr wie der hier unter der Bühne. Dann ging ich einen Tunnel hinauf und … und fand mich im Nebel wieder. Durch den Nebel strahlte ein gleißendes Licht, ähnlich wie die Scheinwerfer in der Manege. Mir gefiel es dort nicht. Ich war zwar allein und hatte zwei Hände und zwei Beine, aber es fühlte sich beklemmend an …

Beim Tanzunterricht starren uns der Zauberer und die anderen ständig an, auch ein Zwerg ist dabei. Das stört. Ohne Zuschauer würden wir uns die Schritte schneller merken. Die Drehung gelingt uns inzwischen sehr gut, wir verlieren nicht mehr das Gleichgewicht. Am Anfang tanzten wir nur zu den russischen Anweisungen von Adriana, so heißt die Schöne, später kam Musik dazu. Es war nicht leicht, ihr zu folgen. Aber dann gaben wir uns dem Rhythmus hin. Dafür bekamen wir ein dickes Lob. Lili applaudierte sogar. Tanzen macht Spaß.

Linas Tagebuch

Am achtundzwanzigsten Juli
Nach der Aufführung spritzt man uns nicht mehr ab. Wir dürfen uns in Lilis Bad waschen, manchmal schrubbt sie uns auch den Rücken. Die Schwarzweiß-Nummer macht mich müde, alle mögen Yin und Yang, ich tanze aber lieber. Wir können es mittlerweile ganz gut, worauf warten sie noch?

Lilis Seife duftet sehr angenehm, ähnlich wie Großmutters Rosenwasser.

Nach der Nachmittagsaufführung begegnen wir manchmal den Clowns im Gang. Warum sind wir immer nur nachts auf der Bühne? Ich vermisse die Sonne. Ich will ins Freie …

Lili tritt auch nur nachts auf, zusammen mit dem Zwerg. Sascha hingegen zaubert in beiden Aufführungen. Den Zwerg nennt man Strunk. Die schöne Adriana läuft auf dem Seil, als hätte sie festen Boden unter den Füßen. Offensichtlich kennt sie keine Furcht. Sie hält sich an der Schaukel unter der Decke fest, fliegt plötzlich los und dreht Pirouetten in der Luft. Wir sind im tatsächlichen Wunderland gelandet. Der Größte von allen ist aber Sascha! Neulich hat er ein Kaninchen aus dem Hut gezaubert! Wie macht er das bloß?

Wenn er an uns vorbeigeht, hoffe ich immer, dass man noch Lilis Seife riecht. Ich möchte schön duften.

Dianas Tagebuch

1. August
Strunk hatte man in ein langes Kleid gesteckt und ihn darin laufen lassen. Dann bildeten alle einen Kreis um ihn und er

wurde aufgefordert zu tanzen. Er stolperte über den Rocksaum und fiel hin. Alle lachten. Am lautesten der Zauberer. Auch Lina lachte. Ich traute meinen Ohren kaum. Wie konnte sie nur? Hat sie keine Skrupel mehr? Das hätte ich wirklich nicht von ihr erwartet.

Überhaupt benimmt sie sich in letzter Zeit merkwürdig, das ärgert mich.

Heute sagte der Riese, der wohl hier der Direktor ist, unser Unterhalt sei zu teuer, und gab uns trotzdem Geld. Wenn dem so ist, warum gibt er uns überhaupt was? Das verstehe ich nicht. Aber es ist wichtig, dass Lina und ich Geld verdienen. Zum ersten Mal im Leben!

Lili sagte, wir sollten es nicht herumzeigen, damit uns keiner bestiehlt. Gibt es hier Diebe? Wir haben es mehrmals gezählt, bevor wir es versteckten. Irgendwie habe ich Hoffnung. Worauf sich die bezieht, ist mir noch ein Rätsel …

Linas Tagebuch

Am ersten August

Wir tanzen so gut, dass der Riese uns sogar eine Rente ausbezahlt hat! Macht er das bei den anderen auch? Wann bekommen wir die nächste? Nun werden wir genauso reich wie Großmutter! Endlich sind wir erwachsen! Richtig erwachsen! Wir dürfen sogar jeden Tag Kaffee trinken, aber er schmeckt nicht so gut wie zu Hause.

Was sollen wir mit dem Geld machen? Wäre Zaza hier, würden wir tausend Dinge bei ihm bestellen … Bücher, Zeitschriften, Notizblöcke, Schokolade, Haarspangen … Ob das Geld für all das reicht? Ich möchte auch schöne

Kleider haben, so wie Adriana oder Lili … Wenn wir sehr gut tanzen, dürfen wir dann auch solche Kleider anziehen?

Und noch etwas möchte ich kaufen.

Wenn wir von Großmutter ein kleines Geschenk bekamen, haben wir uns immer mit einer Karte bedankt, ihr ein Briefchen geschrieben. Das mochte sie. Sascha hat mir Blumen geschenkt, was könnte ich ihm schenken? Was schenkt man einem Mann? Er hat alles, und was er nicht hat, das kann er sich herzaubern. Was kann ich ihm schon geben?

Ob Sascha auch unsere Tagebücher herzaubern könnte, wenn ich ihn lieb darum bitte?

Was wohl ein Parfüm kostet, vielleicht ist es gar nicht so teuer? Wir müssen Geld zur Seite legen für ein Parfüm. Oder wenigstens für eine Seife, wie die von Lili … ich würde alles geben für einen schönen Duft …

Dianas Tagebuch

4. August
Die Aufregung hat sich gelegt. Meine Knie zittern nicht mehr. Auch mein Herz rast nicht mehr, wenn der Trommelwirbel erklingt, und klopft es doch, dann vor Freude. Wenn wir auf der Bühne stehen, uns das Scheinwerferlicht blendet und unsere Ohren von Musik und Applaus platzen, spüre ich eine Art Zufriedenheit, wenn nicht sogar Stolz … Das Publikum mag uns und wir bekommen sogar Gehalt!

Lina freut sich richtig. Sie scheint glücklich zu sein … Nur ihre dumme Schwärmerei für den Zauberer ärgert mich. Jede Nacht schläft sie mit den Papierblumen im Arm ein. Manchmal pieksen sie mich und ich wache davon auf. Dann schmeiße ich sie wütend auf den Boden.

Linas Tagebuch

Am fünften August
Bei der Probe haben wir neue Schritte gelernt und waren sehr müde. Dann kam Sascha vorbei und meine Müdigkeit war wie weggeblasen. Ich hatte das Gefühl, als könnte ich bis zum Morgen tanzen. Oder wie Adriana auf der Schaukel in die Luft fliegen … So ein Gefühl kannte ich bisher nicht … mein Herz schlug so stark. Ich spürte, dass er mich ansah. Die Mohnblumen hat er ja auch nur mir geschenkt und nicht Diana?! Er hat wirklich mich angesehen …

Meine Haare sind ein bisschen nachgewachsen, sie sehen schön aus.

Rostom träumte, er sei ein zweiköpfiger Pik-Bube. Sein Körper fühlte sich schwer und fremd an, er konnte nicht aufstehen und gehen, er lag nur da und seine beiden Köpfe gingen unterschiedlichen Gedanken nach. Neben sich hörte er jemanden atmen, sehen konnte er aber keinen.

Der eine Kopf dachte an Elene, an ihren hilflosen Blick und ihre weiße, kindliche Haut, an das gestohlene Medaillon. Er grübelte über den Grabstein seiner Mutter, der einen Riss hatte und dringend ausgetauscht werden musste. Kurz sah er auch die alte Tante, die ihm seine Wäsche wusch, und das Polizeigebäude mit dem gemeinen, eiskalten Staatsanwalt … Sein Kopf sprang von Erinnerung zu Erinnerung.

Das Leichenschauhaus und ein lebloser junger Körper mit zwei Köpfen tauchten vor seinen Augen auf …

Der Atem neben ihm ging lauter. Als schliefe ein Kind dort.

Dann dachte sein Kopf an den Tag der großen Flut. Rostom hatte betrunken vor dem Fernseher gedöst und nur mit Mühe die Augen offen gehalten. Immer wieder linste er auf den Bildschirm, der überflutete Straßen zeigte und Menschen, die soeben ihr Dach über dem Kopf verloren hatten … Dann aber fielen seine schweren Augenlider wieder zu und nur aus der Ferne hörte er die Nachricht, der Fluss hätte siamesische Zwillinge an das matschige Ufer gespült.

Der zweite Kopf war unruhig, verärgert, er hätte sich gerne einen Schluck genehmigt. Er würde nie etwas richtig machen, schimpfte er mit sich, nicht einmal einen Arm oder ein Bein brächte er zustande, dachte er gereizt, dann zuckte er mit den Achseln. Irgendein Zaza fiel ihm ein, sein geheimer Erzfeind. Den würde er mit Freude umbringen. Auch den ersten Kopf würde er gerne beseitigen, mit zwei Köpfen kann man doch gar nicht leben!

Im Dunkeln drehte sich jemand um und schnaufte weiter. Rostom kam es vor, als hörte er die Atemzüge nicht von einem, sondern von zwei Menschen. Als schliefen zwei Kinder in seiner Nähe.

Dianas Tagebuch

6. August
Heute mussten wir uns Spielkarten merken, ohne zu sagen welche, und der Zauberer erriet sie. Kann er etwa Gedanken lesen? Quatsch … das glaube ich nicht.

Der Feuerschlucker musste ins Krankenhaus. Wir waren nicht dabei, man sagt, er habe sich schlimm verbrannt. Der Ärmste … Was ist wohl passiert? Seine Nummer soll durch unseren Tanz ersetzt werden. Adriana bekam die Anweisung, unseren Auftritt schleunigst fertig zu machen … Wir sind so weit. Lina freut sich sehr.

Warum ist Strunk so klein geblieben? Lina und mir reicht er gerade bis zu den Hüften. Er hat einen großen Kopf und kurze Arme. Wahrscheinlich ist er nicht böse, aber ich finde ihn hässlich.

Lili gefällt mir mit der Zeit immer besser. Sie ist klein, aber sehr hübsch.

Die Maskenbildnerin raucht und rennt ständig im Kreis. Mal hat sie ihre Pinsel verloren, mal die Lippenstifte. Ihre Hände zittern. In der Tasche hat sie eine Menge Medikamente, trotz ihres jungen Alters schluckt sie so viel Medizin wie unsere Großmutter.

Nachts, bevor wir nach der Aufführung ins Bett gehen, kommen wir manchmal noch am Schminkraum vorbei. Alle sitzen dort und trinken ein fürchterlich schmeckendes Getränk. Einmal ließ uns Lili probieren und es schmeckte so bitter, dass wir es gleich wieder ausspucken mussten. Sie betrinken sich und lachen. Und wir sitzen da und hören zu. Dann geht die Maskenbildnerin nach Hause und auch wir gehen in unser Zimmer. Lina würde gerne noch länger bleiben, aber ich zwinge sie mitzukommen. Das ist anstrengend.

Lina trällert schon wieder vor sich hin, das nervt. Früher hat sie nur manchmal gesungen, jetzt singt sie pausenlos. Ich erkenne sie nicht wieder … Manchmal weckt sie mich noch vor der Zirkusmusik und schleift mich aus dem

Zimmer. Sie scheint nicht einmal essen zu wollen. Ihr ist nur nach Tanzen und Singen.

7. August
Wir treten nicht auf und basta! So sicher nicht. Statt eines Kleids haben wir eine glitzernde Unterhose und ein T-Shirt bekommen. Was heißt hier Shirt? Es reicht uns nicht einmal zum Bauchnabel! Die dumme Lina senkte bloß den Kopf und sagte keinen Ton. Sie ist so seltsam, ich verstehe sie nicht mehr … Mein Herz zieht sich zusammen, ich habe eine schlimme Vorahnung. Wir müssen Geld zur Seite legen und schleunigst wegkommen von hier, das weiß ich genau. Wir müssen weg!

Linas Tagebuch

Am siebten August
Lili meinte, am besten machen wir alles, was man uns sagt. Ich habe Angst. Nicht, dass sie uns wieder abspritzen … Diana ist stur. Ich mag dieses Kostüm auch nicht, aber die Tänzerinnen tragen auch solche Badeanzüge … Im Fernsehen habe ich oft Mädchen gesehen, die so angezogen waren … Bei dem Schönheitswettbewerb im Fernsehen sind sie so aufgetreten. Diana sagte, wir müssten sowieso alles machen, was die von uns wollen, warum auch noch das.

Nur Saschas Blicke heitern mich auf. Ich kann es kaum erwarten, bis er aus seinem Zimmer kommt, mich ansieht und uns lächelnd einen Trick zeigt. Manchmal zwinkert er mir dabei zu. Er ist sehr sympathisch. Vorne an seinem Hals wölbt sich etwas, und wenn er spricht, hüpft es hoch und nieder. Das gefällt mir. Ich möchte es anfassen.

Am achten August
Diana ist so gut, sie hat sich durchgesetzt! Wir haben ein Kleid bekommen! Ich bin so froh! Es ist schön, ich mag es! Ich möchte, dass mich Sascha darin sieht.

Beim Tanzen will uns nur eines nicht gelingen. Wir können problemlos auf das Podest steigen, aber ich habe Angst, herunterzuspringen. Da verkrampfe ich mich, vor allem wenn Sascha zusieht. Ich wünsche mir so sehr, dass wir keinen Fehler machen. Lieber Gott, lass es uns gut machen … Das ist mein einziger Wunsch …

Dianas Tagebuch

8. August
Einen Stofffetzen haben die uns gegeben, der kaum den Hintern bedeckt. Noch dazu ist das Ding durchsichtig, aber es ist besser als in Unterhose aufzutreten … Ich bin sauer … Aber ich nehme es hin, ich halte das aus … Hauptsache, wir können Geld zur Seite legen.

Linas Tagebuch

Am fünfzehnten August
Wahrscheinlich habe ich ihn schon immer geliebt! Das ist mir heute klargeworden. Ich liebte ihn, als ich ihn noch gar nicht kannte. Wer sonst sollte der Mann gewesen sein, von dem ich all die Jahre geträumt habe?! Seinetwegen habe ich mich jeden neuen Morgen gefreut, manchmal aber auch die Nacht kaum abwarten können, um von ihm zu träumen.

Im Winter, immer wenn es kalt war, legte uns Großmutter eine heiße Wasserflasche ins Bett, damit es wärmer wurde. Vor Hunger konnten wir kaum einschlafen. Bei Schnee kam Zazas Auto nicht zu uns durch. Aber schon damals half mir etwas, den Hunger und die Kälte zu vergessen. Ich hatte nur keinen Namen dafür … ich kannte deinen Namen nicht … Du hast mir geholfen, es bis zu dem Tag auszuhalten, an dem wir uns zum ersten Mal begegnet sind, an dem wir uns endlich kennengelernt haben.

Dianas Tagebuch

16. August
Der Zauberer hat Lina die Hand geküsst. Was geht hier vor? Für Lina ist das zu viel! Sie schwebt jetzt schon auf Wolke sieben. Kritzelt ständig irgendwelchen Unsinn in ihr Tagebuch, ich mag das nicht einmal lesen! Ich glaube, es gefällt ihr hier, sie lebt gerne hier. Wenn sie sich mir bei der Flucht widersetzt, bin ich verloren. Ich muss sie zur Vernunft bringen! Zuerst kommt die Aufführung und … und dann rede ich mit ihr.

Ich bin sehr aufgeregt. Wenn wir unsere Tanznummer nicht schaffen, bekommen wir vielleicht kein Geld.

Linas Tagebuch

Am sechzehnten August
Er hat mich geküsst. Ich muss es mehrmals hintereinander schreiben: Er hat mich geküsst, geküsst, geküsst.

Hoffentlich wird Diana das auch eines Tages erleben. Dann wird sie begreifen, dass Liebe wichtiger ist als alles andere. Jetzt versteht sie mich nicht ... Aber wenn sie erst einmal das gleiche Gefühl erlebt hat, wird sie begreifen ... Wann wird es so weit sein? Für mich ist es auch nicht leicht, ohne Diana kann ich nicht glücklich sein. Es geht nicht, dass mein Herz vor Freude fast zerspringt und ihres kalt wie ein Stein in der Brust liegt ... Ich möchte fliegen, aber sie zieht mich nach unten, lässt mich nicht aufsteigen ... Wie im Krankenhaus ... Als hätte man meine rechte Seite in schwere Eisenketten gelegt! Wenn doch bloß auch Diana die Mohnblumen erlebt hätte wie ich! Wie erkläre ich ihr das? Sie wird sagen, ich sei verrückt ... Das sagt sie sowieso ständig ... Mein Herz ist so voll mit Mohnblumen, es droht fast zu platzen! ... Der Duft der Mohnblumen berauscht und betäubt mich gleichzeitig.

Ich habe gelesen, Mohnblumen betäuben Menschen und machen sie schläfrig.

Jedes Mal, wenn ich ihn sehe, geht eine Mohnblume in mir auf ... es werden immer mehr ... Wie heißer Sommerwind fährt sein Blick durch mich hindurch und die grellroten Blütenblätter in mir geraten in Bewegung, wie feine Schmetterlingsflügel flattern sie in meinem Bauch, in meinem Herz, in meinem Kopf ...

Genau in dem Moment scheint Dianas Blut zu gefrieren.

Sie hat sich früher auch immer geärgert, wenn ich meinen Kopf ins Wasser getaucht habe, ich würde sie nass machen, beschwerte sie sich ... Dabei hatte sie nur Angst, unter Wasser die Augen aufzumachen, die ganze Zeit ohne Luft zu bleiben ... Diana hat die auf dem Boden der Schüssel gemalten Zauberblumen nie unter Wasser gesehen. Sie weiß nicht, wie sie sich kräuselten und wie sie anfingen zu leben.

Die Ärzte meinten, ich hätte uns beim Hochwasser gerettet, weil ich so starke Lungen habe. In Wirklichkeit hat uns die Liebe gerettet.

Ob Großmutter jemals verliebt war? Mutter bestimmt! Vielleicht empfand sie ähnlich wie ich … Sie liebte unseren Vater! Und er schenkte ihr womöglich rote Mohnblumen und flocht sie in ihr goldenes Haar … Bestimmt war es so!

Vielleicht ist Diana nur neidisch, weil sich Sascha für mich entschieden hat.

Dianas Tagebuch

19. August
Übermorgen sollen wir tanzen. Lina schwebt über den Wolken. Ich glaube, auch das Tanzen interessiert sie nicht mehr. Was ist nur los mit ihr? Wie bekomme ich sie zurück? Sie glaubt doch nicht im Ernst, dass sich jemand in eine wie uns verlieben kann?

Linas Tagebuch

Am neunzehnten August
Heute fühle ich mich ganz schlecht. Sascha sieht mich nicht mehr an. Habe ich etwas falsch gemacht? Ich traue mich nicht zu fragen … Außerdem würde Diana mich umbringen! Vielleicht ärgert er sich über sie? Sie wirft ihm so gehässige Blicke zu, dass ihm ihre Abneigung kaum entgehen kann. Sie macht alles nur noch schlimmer! Aber über seine Zaubertricks freut sie sich! Auch wenn sie danach sagt, es sei keine

richtige Zauberei. Wenn sie es nicht glaubt, soll sie doch selbst Kaninchen und Vögel aus dem Hut holen! Mal sehen, ob sie das schafft … Diana glaubt an nichts … nicht einmal an die Liebe … Was soll ich tun? … Mich bei ihm entschuldigen? Wegen Diana? So kann das doch nicht weitergehen!

Gestern habe ich ihn kein einziges Mal gesehen. Ich konnte kaum den neuen Tag abwarten … Vorhin habe ich ihn gesehen – und seitdem geht es mir noch schlechter. Ich würde alles tun, damit er sich mit mir versöhnt … damit er mich wieder anschaut … Alles würde ich dafür tun!

Am zwanzigsten August
Ich könnte weinen. Was habe ich ihm getan? Oder Diana? Sie kann ihm doch nichts gesagt haben, ohne dass ich es mitbekommen hätte … Mir geht es ja genauso, ich kann ihm auch nichts sagen, ohne dass Diana es hört. So sieht mein Leben also aus … Ich bin nicht einmal imstande, ohne meine Schwester zu sprechen … In meinem Herzen siechen die Mohnblumen, der Boden ist ausgedörrt, sie lechzen nach Wasser. Was soll ich tun? … In Gedanken flehe ich ihn an, mich endlich wieder anzusehen … Das will ich so lange tun, bis …

Dianas Tagebuch

20. August
Was wird nun mit mir? Lina ist verrückt geworden. Man kann nicht mit ihr reden.

Ich habe gefragt, was los ist, warum sie sich so komisch benimmt, und sie fing an, sich zu verteidigen, von wegen

Sascha könnte unsere Tagebücher herzaubern, wenn wir ihn darum bitten würden. Als ob sie sich nur deshalb so herausputzt! Lügnerin! Allerdings glaubt sie in ihrer grenzenlosen Dummheit womöglich wirklich daran! Meinetwegen soll sie ihn darum bitten! Ich würde mich genauso über die Tagebücher freuen wie sie. Soll er sie herzaubern, soll er doch zeigen, was er kann!!!

Linas Tagebuch

Am zwanzigsten August
Morgen ist unsere Aufführung. Wir werden zum ersten Mal tanzen. Ich habe kaum mehr Kraft dafür. Ich muss Sascha einen Brief schreiben! Das ist der einzige Weg … Diana wird denken, dass ich Tagebuch schreibe. Ich werde ihm alles sagen, ihm erzählen, wie schlecht es mir geht …

Aber auch abgesehen von Diana möchte ich ihm lieber schreiben als mit ihm sprechen … In einem Brief stottert man nicht, wird man nicht rot … Ein Brief passt zu meinen Gefühlen besser. In Büchern drückt man Liebe auch in Briefen aus.

Brief an Sascha

Das ist mein erster Brief. Bis jetzt habe ich nur Tagebuch geschrieben … Und manchmal auch Gedichte … Heute glaube ich, dass sie alle dir gewidmet waren. Alles war für dich … Vielleicht bin ich sogar deinetwegen geboren worden …

Deine Mohnblumen haben ihren festen Platz auf meinem Kissen und nachts unterhalte ich mich mit ihnen … Ich möchte dir so viel erzählen, aber es will mir nicht gelingen …

Mir fällt es schwer vor meiner Schwester zu reden, auch vor dir … ich traue mich nicht …

Kann man überhaupt Gefühle mit Worten ausdrücken? Vielleicht gebe ich dir diesen Brief gar nicht …

Warum bist du so abweisend? Womit habe ich dich verärgert? Gehst du mir wegen Diana aus dem Weg? Oder weil ich so jung bin? Was wäre daran so schlimm? Ich weiß nicht einmal, wie alt du bist.

Einmal sagte uns Großmutter versehentlich, dass auch unser Vater viel älter war als unsere Mutter.

Ich glaube, dich schon immer gekannt zu haben … Ich wusste, dass es dich gibt, dass ich dich früher oder später treffen würde, und diese Hoffnung gab mir die Kraft zu überleben. Ich danke dir … Danke, dass du mir beigebracht hast, unter Wasser den Atem anzuhalten.

Ich habe Vertrauen zu dir. Ich weiß, dass du ein Zauberer bist … Ich weiß, dass du mein altes Tagebuch herzaubern kannst, wenn ich dich lieb darum bitte … Du bist ein netter Mensch … Bestimmt sind viele Frauen in dich verliebt … aber keine liebt dich so wie ich. Ich wünschte, du hättest einen Zwilling, damit auch Diana ihr Glück finden könnte.

Bitte, schau mich wieder an. Du bist mein Atem und mein Herzschlag. Ich bin voller Mohnblumen, durch dich blühen sie auf und gedeihen auf dem offenen Feld meiner Seele.

Am einundzwanzigsten August
Seit ich den Brief geschrieben habe, geht es mir besser. Wie ich ihn Sascha überreichen soll, das weiß ich noch nicht. Morgen ist der Tag unserer Aufführung. Ich will mir Mühe geben und richtig gut tanzen! So gut, dass du mich wieder magst …

Rostom ließ sich Zazas Nachnamen und Adresse geben. Eine Dschamardschaschwili Straße war ihm nicht bekannt. Nachdem er aus dem Bus gestiegen war, lief er eine Weile zu Fuß und nahm schließlich ein Taxi. Das Auto ruckelte langsam über rissige, vom Hochwasser ausgehöhlte Asphaltstraßen. Wider Erwarten kam ihm die Gegend bekannt vor und er hob erstaunt den Kopf.

»Man hat alle Straßen umbenannt …«, erzählte der Taxifahrer mürrisch, »jetzt tragen sie die Namen der Gefallenen vom Augustkrieg 2008 oder von unserer Mission in Afghanistan … Erst bringt man die jungen Leute um und dann …« Er schüttelte empört den Kopf. »Man hätte doch wenigstens die Straßenschilder ordentlich machen können …«

»Wir fahren in die falsche Richtung!«, rief Rostom.

»Moment mal!« Der Fahrer hörte nicht auf ihn, sondern kurbelte das Fenster hinunter und fragte die Männer, die vor einem Supermarkt standen, nach der Dschamardschaschwili Straße.

Rostoms Aufregung wuchs. Er krallte sich mit den Fingern in den Beifahrersitz vor ihm und machte einen langen Hals. Das Taxi fuhr in eine Rostom wohl bekannte, jedoch unangenehme Richtung.

»Nein«, rief er. »Das kann nicht sein …«

»Das ist die Dschamardschaschwili Straße«, antwortete der Fahrer ärgerlich.

Das Auto hielt vor einem alten Haus an. An dem heruntergekommenen Backsteingebäude war nur der Straßenname neu. An der vermoderten Wand mit abblätterndem Putz war ein Schild mit schwarzer Umrandung angebracht: Dschamardschaschwili Straße 2.

Elenes Haus hat lediglich eine neue Adresse bekommen. Sonst schien alles beim Alten zu sein. Der krumme Torbogen stützte das dreistöckige Haus mit seinem prächtigen, den Innenhof säumenden holzgeschnitzten Balkon, und sogar der verrostete Wasserhahn im Garten tropfte noch.

Während Rostom nach Geld suchte, trommelte der Taxifahrer ungeduldig am Lenkrad. Plötzlich trat ein Mann in kurzer Hose, über der sich sein Bauch wölbte, vors Haus und Rostom wusste auf einmal, dass das Zaza war. Zaza … der jüngere Verwandte von Elene, der jetzt wohl in ihrer Wohnung lebte.

»Fahren Sie!«, rief Rostom verzweifelt. »Sehen Sie zu, dass wir schnell wegkommen von hier!

Linas Tagebuch

Am einundzwanzigsten August

Yin und Yang, Lina und Diana,
abgezählt, schräg angesehen, Lili – Adriana …
Lina oder doch Diana? – heimlich beäugt.
Bin erschöpft vom Kummer, dem lebenslangen Manna.
Als Tunwort oder Dingwort, abgewandelt, gebeugt:
Der Mensch, des Menschen,
dem Menschen, den Menschen … Ach, Mensch!
Zähl ich als Mensch oder gehör ich nicht dazu?

Dianas Tagebuch

21. August
Geschafft! Wir haben es geschafft.

Vor dem Auftritt kam Sascha zu uns und sagte: »*Ni pucha ni pera*«. Keine Ahnung, was es heißt, aber hier sagen das alle, bevor einer auf die Bühne geht. Lina versteht es auch nicht, aber da der Spruch von Sascha kam, leuchtete sie auf, was er bedeutete, spielte keine Rolle.

Als wir vor unserem Auftritt hinter den Kulissen standen, konnten wir das Geschehen auf der Bühne verfolgen. Alles gesehen haben wir nicht, nur die fliegenden Menschen. Sie liefen aufeinander hoch, drehten sich in der Luft. Im Vergleich dazu sind Saschas Vögel und Kaninchen ziemlich langweilig! Aber warum flippt Lina bei deren Anblick aus? Das ärgert mich richtig …

Ob wir auch mal im Publikum sitzen werden? Und uns ansehen, wie man für uns tanzt und singt. Ich bin erschöpft …

Wir haben gut getanzt, das schon, man hat uns gelobt, trotzdem hängt mir das alles zum Hals heraus.

Linas Tagebuch

Am zweiundzwanzigsten August
Sascha ist wieder nett zu mir! Als hätte er meinen Brief gelesen … Oder kann er doch Gedanken lesen?

Ich bin die Glücklichste von allen! Unser Auftritt war sehr gut. Wir sind prima von der letzten Podeststufe gesprungen, alle Drehungen haben perfekt geklappt. Man hat uns lange applaudiert. Was für ein Tag … besser gesagt, was für eine Nacht! Wir leben wie Fledermäuse.

Männer sahen uns mit offenem Mund zu. Wir sehen schön aus, Diana und ich. Vielleicht wäre Großmutter stolz, wenn sie uns gesehen hätte. Nur das Kleid hätte ihr vermutlich nicht gefallen …

Ich lasse niemanden mehr an meine Haare heran, ich muss stark werden wie Diana und sagen: »Nein!«

xxx

Ich kann nicht schlafen. Tausend Dinge gehen mir durch den Kopf und jeder Gedanke endet bei Sascha. Meinen Brief gebe ich ihm nicht, den bewahre ich auf, aber ich möchte ihm trotzdem schreiben, vielleicht ein Gedicht …

Liebe, Sascha, Liebe ist ein köstliches Schweben,
wiewohl ich Teile meines Körpers nur einmal zählen kann,
und ich immer werde mit Diana leben,
hab ich die Macht, mich für dich zu teilen, im Traum.
Zurückgelassen die Decke,
das Nachthemd und den kleinen Raum,
den Körper verlassen, so wurde ich Atem und stahl mich fort,
ließ mich vom Lufthauch tragen zu deinem Ort!
In deinem Schlafgemach wartet auf mich der Lohn,
lustwandeln mit dir durch Gärten mit klatschrotem Mohn,
bis der Morgennebel mich wo ich wohn lässt nieder.

Auf die Welt zurückkommen werd ich nie wieder.

Dianas Tagebuch

24. August
Vier Aufführungen hintereinander. Meine Erschöpfung nimmt kein Ende. Das zweite Mal lief nicht so gut, das dritte Mal war wieder prima. Doch heute fühle ich mich ganz kraftlos … ich kann nicht mehr.

Der Direktor ist zufrieden: »Gut gemacht, Molodetz!«, ruft er jedes Mal, wenn er uns sieht.

Nach unserer Nummer stehen alle auf. Manche wollen sogar zu uns auf die Bühne, das ist aber nicht erlaubt. Gestern konnte ein Mann die Augen nicht von uns abwenden. Er wollte sofort zu uns auf die Bühne, aber man verstellte ihm den Weg und sagte, die Bühne dürfe nicht betreten werden. Mir wollen die verzerrten Gesichter dieser Leute nicht aus dem Kopf, sie sehen alle wie Wahnsinnige aus.

Der Direktor hat uns heute so viel Geld gegeben wie noch nie. Wie viel müssen wir zur Seite legen? Wohin sollen wir dann gehen? Finden wir eine andere Arbeit? Alles muss geplant werden. Ich könnte wie Großmutter Lesen und Schreiben unterrichten … Oder sind wir nur zum Spaß der anderen da? Mein Gott, warum sind wir so, wie wir sind? Gibt es noch mehr Menschen wie uns?

Linas Tagebuch

Am vierundzwanzigsten August
Ich habe das Gedicht noch einmal durchgelesen, sauber abgeschrieben, zerknüllt und im Ärmel versteckt. Diesmal soll er es bekommen, ich bin so weit.

Beim Vorbeigehen schob ich es ihm in die Hand. Diana merkte es nicht. Er war nicht schnell genug. Das Papierknäuel landete auf dem Boden. Alles in mir zog sich zusammen. Wir gingen rasch weiter. Nicht einmal umsehen konnte ich mich, damit Diana keinen Verdacht schöpfen konnte. Aber kurz darauf, auf unserem Rückweg, war der Gang leer. Bestimmt hat er es aufgehoben und vielleicht auch schon gelesen! Ich bin erleichtert.

Am fünfundzwanzigsten August
Mir geht es schlecht. Wenn er mein Gedicht gelesen hat und nichts dazu sagt, dann ist das mein Tod! Dann heißt das nämlich, dass er es nicht mochte und dass er mich nicht liebt und mich kein bisschen aufregend findet … Warum sieht er mich dann manchmal so an, warum lächelt er und zwinkert mir zu … Warum hat er für mich die Taube aus dem Hut gezaubert? Wie habe ich mich so täuschen können? Ich kann es nicht fassen … Vielleicht hat jemand anderes das Gedicht mitgenommen? Vielleicht hat er es gar nicht gesehen? Was ist wirklich passiert? … Nicht einmal fragen kann ich. Das ist nicht auszuhalten …

Männer reden nicht gern. Zaza hat gar nicht geredet, nur ganz selten sagte er etwas. Wie soll man herausfinden, was diese Stille bedeutet. Schweigen ist wie eine Wand, die Gefühle abschirmt.

Ist er etwa in die dumme Frau verliebt? Adriana ist bildhübsch, kann viel besser tanzen als wir, kann auch durch die Luft fliegen … aber sie lächelt jeden an und kokettiert mit allen, ich finde, sie ist eine Hure! Sie liebt ihn nicht.

Ich hasse Adriana.

Dianas Tagebuch

25. August
Die Maskenbildnerin sagte, wir sollten vorsichtig sein. Der Direktor erzählte uns, für einen extra Tanz würden wir ein ganzes Monatsgehalt bekommen. Lili meinte, wir hätten unglaubliches Glück. Ich verstehe sie alle nicht. Was sollen wir machen? An sich spielt es keine Rolle, ob wir für einen Menschen tanzen oder für mehrere, im Saal sitzen an die hundert Personen. Hier wären wir aber allein, nur mit dem Zuschauer. Das will mir nicht recht gefallen.

Bis jetzt wusste ich nicht, dass es einen separaten Raum gibt. Angeblich wird er für besondere Anlässe genützt, seltsam und schummrig soll er sein.

Linas Tagebuch

xxx
»Bravo, Yin und Yang!«, sagte Sascha. Ich verstand nicht, was er meinte, freute mich aber trotzdem.

Heute sind wir in aller Munde. Diana meint, so können wir mehr Geld auf die Seite legen. Wir sind es gewohnt, auf der Bühne zu tanzen, aber der andere Raum ist sehr klein. Dort wird es wohl etwas schwieriger.

Was wollen wir aber mit dem Geld machen? Wir können ja nicht einkaufen gehen … Die Pinselfrau wohnt irgendwo anders, sie kommt und geht dann wieder. Vielleicht könnten wir sie bitten, für uns Einkäufe zu erledigen? Zaza war mit uns verwandt, außerdem wohnte er in Großmutters Stadtwohnung und konnte uns deshalb was zu essen mitbringen. Aber warum sollte sie das tun? … Wenn wir sie ganz doll bitten? Wir würden ihr auch etwas schenken.

Außer Monatsbinden bekommen wir auch Seife, aber sie duftet nicht.

Ich möchte tanzen … tanzen für Sascha. In dem Raum wird uns Sascha aber nicht sehen.

Ich weiß nicht …

Mitleidig hörte Msia dem aufgeregten Rostom zu. In der Hand hielt sie einen Teller mit Kuchen und überlegte, wo auf dem vollgeräumten Tisch sie ihn am besten abstellen könnte.

»Jetzt verstehe ich … Er wohnt bei denen zu Hause! So ein Intrigant!« Rostom zitterte vor Erregung.

»Von wem redest du? Reg dich doch nicht so auf, Rostom … Das tut dir nicht gut …«, sagte Msia besänftigend.

»Warum müssen alle ständig über mich herziehen, ich bin ein kranker Mann, mein Herz macht da nicht mit …« Rostom suhlte sich in Selbstmitleid.

»Was will man denn von dir, was wirft man dir vor?« Msias Hände waren endlich frei und sie versteckte ihre Neugierde nicht mehr.

»Was für eine Frage, Msia, du kennst mich doch, habe ich mir jemals etwas zuschulden kommen lassen? Man erzählt, eine Frau hätte ein uneheliches Kind zur Welt gebracht …« Rostom zögerte kurz. »Also Kinder …« Er rieb sich die Stirn.

»Sprichst du von den siamesischen Zwillingen?«, Msia strahlte ihn an.

Rostom stutzte.

»Woher weißt du das?«

Msia fiel keine passende Antwort ein. Seit kürzlich einer die Geschichte über die angespülten zweiköpfigen Zwillinge wieder ausgegraben hatte, zerriss man sich in der Nachbarschaft über Rostom das Maul. Das durfte er aber auf keinen Fall erfahren.

»Die Briefe, die sind wohl auch von ihm, von diesem Intriganten«, unterbrach Rostom die Stille.

»Von Briefen weiß ich nichts!«, schoss Msia wie aus der Pistole zurück. »Aber neulich ist doch ein Polizist hier gewesen«, erinnerte Msia an die Begegnung vor ein paar Tagen.

»Stimmt …« Rostom senkte den Kopf. »Ich bin sehr müde, Msia … Vielen Dank für den Kuchen.« Er öffnete die Wohnungstür und sah Msia an. Sie war bereits mit einem Bein im Flur, drehte sich aber um und fragte fast vorwurfsvoll:

»Bist du dabei, die Wohnung zu verkaufen, Rostom? Neulich waren Interessenten da.«

Rostom stutzte. Über diese Frage dachte er immer nach, wenn er den Abschlägen für Strom, Gas und Wasser nicht nachkam … Und manchmal auch, wenn die vier leeren Zimmer um ihn herum seine Einsamkeit noch stärker werden ließen. Aber über einen Verkauf hat er bislang mit keinem gesprochen.

»Ich? Die Wohnung verkaufen?« Das Bild seiner Mutter tauchte vor seinen Augen auf und versetzte ihm einen Stich.

»Hätte mich auch gewundert!«, sagte Msia leise. »Allerdings sahen sie gut betucht aus, sind mit einem prächtigen Jeep vorbeigekommen, bestimmt haben die Geld wie Heu … Meine Wohnung ist zu klein, sonst …

Wir stapeln uns dort wie in einer Sardinenbüchse …« Mitten im Satz zog Msia die Tür hinter sich zu.

Dianas Tagebuch

26. August
So dunkel war der Raum nicht, es gab rote Beleuchtung. Ein Mann saß da und sagte, wir sollen zu ihm hinsehen. Das ist beim Tanzen nicht leicht. Er wiederholte noch zweimal, dass wir ihn ansehen sollten, während wir tanzten. Das war kein guter Mann. Im Grunde passierte nichts, aber … ich fühlte mich unwohl … allerdings haben wir wirklich viel Geld bekommen.

Linas Tagebuch

Am sechsundzwanzigsten August
Der Mann war so widerlich, ich konnte ihn gar nicht leiden. Beim Tanzen auf der Bühne sehe ich das Publikum kaum. Ich kann einzelne Gesichter nicht ausmachen. Dieser Mann aber, der hatte einen unangenehmen Blick und behandelte uns grob. Wir mussten unseren Tanz mehrmals wiederholen. Danach war ich noch erschöpfter als sonst. Außerdem ist das Tanzen in einem so kleinen Raum nicht einfach, das Podest hat nur drei Stufen, nicht fünf wie sonst. Es war verwirrend.

Heute werde ich mit den Mohnblumen im Arm einschlafen. Wenn wir uns ein Parfüm gekauft haben, sprühe ich sie damit ein.

Dianas Tagebuch

27. August
Mir reicht's. Das Tagebuchschreiben, das Tanzen, das Essen … Auch ich selbst bin meiner überdrüssig. Ich halte das alles nicht mehr aus.

Linas Tagebuch

Am achtundzwanzigsten August
Heute saß ein Mann ohne Beine dort, seine Beine fehlten komplett! Zuerst dachte ich, er würde auf den Knien sitzen. Erst später bemerkte ich, dass er auf gefalteten Hosenbeinen saß. Wie schrecklich! Ob er so zur Welt gekommen ist? Wie hat er es hierher geschafft? Wie steht er morgens auf?

Er schwieg und lächelte uns an.

Dianas Tagebuch

28. August
Es gibt Menschen, denen es schlechter geht als uns, die unglücklicher sind als wir.

xxx
Zaza war da. Ich habe ihn kaum wiedererkannt!

Wie seltsam … Ich war dabei, unser vorheriges Leben zu vergessen, und plötzlich taucht er auf. Wo steckte er denn so lange? Ich weiß nicht einmal, wie viele Monate wir schon weg von zu Hause sind.

Unsere Vergangenheit kommt mir manchmal wie ein Traum vor. Am Anfang fühlte ich mich hier wie in einer seltsamen Fantasie, aber Stück für Stück rückte die Zeit unter Großmutters Obhut in die Ferne. Alles verschwimmt. Als hätten wir bei ihr gelebt und auch nicht dort gelebt. Auch die Erinnerung an Großmutter verblasst immer mehr …

Den Zirkus wird es immer geben, egal, ob wir dabei sind oder nicht. Zaza hat es bei Großmutter gegeben und offensichtlich gibt es ihn auch hier … Er kam mir fremd vor. Er hat sich einen Bart wachsen lassen, der hat ihn verändert.

Er sagte, man wollte ihn nicht zu uns lassen, unsere Aufführung hätte er aber gesehen. Dann versprach er, am nächsten Tag wiederzukommen. Was will er bloß? Was sagen wir, wenn er nach Großmutter fragt? Wir sagen, dass wir es nicht wissen. Ich muss Lina vorbereiten. Bis zum Hochwasser war alles beim Alten und danach haben wir sie nicht mehr gesehen.

Linas Tagebuch

xxx

Ich weiß nicht, ob ich mich über das Wiedersehen mit Zaza freuen soll. Mit dem Bart gefällt er mir nicht. So lange habe ich auf ihn gewartet, so stark habe ich mir gewünscht, er möge kommen und uns mitnehmen … Und nun fühlt es sich seltsam an … Er wollte wissen, ob er morgen bei uns vorbeikommen darf. Wird er für uns wieder Besorgungen machen? Zu essen bekommen wir hier genug, aber ich vermisse unsere Zeitschriften und Bücher. Gut, dass er gekommen ist … Er hat uns tanzen sehen, sagte aber nichts dazu.

Sascha macht mir Sorgen. Ich weiß nicht, was ich von ihm denken soll. Ich schreibe ihm noch einen Brief, behalte ihn dann aber doch wieder bei mir …

Am neunundzwanzigsten August

Brief an Sascha

Wenn ich wüßte, warum ich mich so vor Schmerzen fürchte. Ich versuche ihnen möglichst aus dem Weg zu gehen … Hauptsache, mir tut nichts weh. Wenn mir etwas wehtut, will ich lieber sterben. Zweimal wurde mir bewusst, dass ich jetzt erwachsen bin: das erste Mal, als unsere Großmutter starb, und dann, als ich dich kennenlernte. Warum muss das Erwachsenwerden so schmerzvoll sein. Das ganze Leben überhaupt …

Jedes Mal, wenn du deinen Blick von mir abwendest, tut es weh.

Du kannst doch so viel, du bist ein Zauberer, dann zauber bitte dieses schreckliche Gefühl weg!

Jeder Schmerz fühlt sich ein wenig anders an: Adrianas Gekicher sticht wie eine Nadel in mein Herz, besonders wenn sie dabei dich ansieht.

Noch schlimmer dein Gesicht, wenn du mir die kalte Schulter zeigst. Als würde man mir einen Fuß auf den Boden nageln.

An das Geschrei des Direktors habe ich mich inzwischen gewöhnt, aber anfangs fühlte es sich an, als würde er mit Steinen nach mir werfen.

Diana ist stärker als ich. Sie beklagt sich so gut wie nie, nicht einmal an den Tagen, wenn unser Bauch spannt. Manchmal habe ich den Verdacht, dass es ihr gar nicht wehtut. Vielleicht spüre das auch nur ich? Gott hat mir Schmerzen zugeteilt, so sieht es aus – ich wurde mit Schmerzen bedacht, aber auch mit Liebe!

Manchmal blättere ich durch mein Tagebuch. Es steht so viel Unsinn darin … Früher wusste ich nicht, dass die Entfernung die Menschen immer kleiner werden lässt, bis sie ganz verschwinden. Immer wenn Zaza nach Hause fuhr, sahen wir ihm aus dem Fenster nach, wenn sein Auto hinter der Kurve verschwand, blieben seine Stimme und das brummende Motorengeräusch noch bei uns. Auch wenn man das Auto nicht mehr sehen konnte. Wenn Adriana auf ihrem Seil durch die Luft fliegt, wird sie immer kleiner … Ich mag das.

Aber du bist immer groß. Du bist größer als wir.

Strunk wiederum bleibt auch aus der Nähe betrachtet klein. Wie eine Kaulquappe.

Auch in meinen Träumen bist du groß, manchmal größer als der Zirkus … groß und schön …

Zaza ist gekommen, ich muss aufhören.

»Gott sei Dank erreiche ich dich!«, flüsterte Elene in den Hörer. »Es ist besser, wenn du heute nicht kommst …«

»Warum? Was ist schon wieder los?«, fragte Rostom gereizt.

»Sie sind nicht weggefahren … Mutter musste wieder zum Arzt mit ihr, aber das Kind ist zu Hause geblieben, bei mir.«

»Wollen sie sich etwa bei euch einnisten? Das mit dem Kind kriegen wir schon hin. Muss es nicht schlafen?« Ohne es zu merken, passte Rostom seine Stimme der von Elene an und flüsterte auch.

»Was meinst du mit schlafen … Er ist doch schon zwölf oder dreizehn.«

»Dann schick ihn in den Hof … Ich komme auf jeden Fall!«, sagte Rostom entschieden.

»Er kennt hier keinen, Rostom. Und übermorgen fahren sie schon …«

»Übermorgen? Willst du mich bis dahin gar nicht sehen?«

»Doch.«

»Setz ihn vor den Fernseher oder schick ihn in den Innenhof!«

Rostom legte auf, zog seine Jacke an und schlug die Tür hinter sich zu. Von der Bushaltestelle bis zu Elenes Haus brauchte er nicht einmal zehn Minuten. Im Torbogen beugte er den Kopf, als wäre er zu groß für die Einfahrt – er wollte sich vor den Blicken der Nachbarn schützen.

Im Hof spielten Kinder mit einem kleinen Hund, den sie hinter sich her zogen. Vor der Tür zum Gemeinschaftsbad stand ein kleiner Junge und spähte hinein. Als er Rostoms Schritte hörte, schreckte er auf und rannte weg. Rostom ging rasch zur Elenes Tür. Sie war offen, die Wohnung verlassen. Rostom ging in ihr Zimmer. Leichte, schnelle Schritte näherten sich. Elene mit nassem Haar blieb bei Rostoms Anblick stehen.

»Hast du mich erschreckt … Bist du also doch gekommen?«

Rostom kam auf sie zu: »Wo ist er?«

»Weiß ich nicht. Ich habe ihm gesagt, er könnte doch in den Hof gehen …«, Elene zuckte mit den Achseln.

Rostom strich ihr eine nasse Strähne aus dem Gesicht, knöpfte ihre lange Jacke auf und zog sie an sich …

Elene drehte das von ihrem Haar feucht gewordene Kissen um und schob es Rostom fürsorglich unter den Kopf.

»Ich muss gehen«, sagte er und schlüpfte in seine Hose.

Beim Hinausgehen stieß er wieder auf das Kind. Der Junge schaffte es nicht wegzulaufen und blickte ihn ängstlich an.

»Sieh mal einer an?! Was machst du hier, du?« Rostom packte ihn am T-Shirt und rasch, bevor Elene aus ihrem Zimmer kam, zog er den Jungen nach draußen.

»Sie ist doch deine Cousine, Mensch! Was war das vorhin im Flur, willst du mir das erklären?!« Rostom drückte den Jungen gegen die Tür und sah ihm in die Augen. »Kein Sterbenswörtchen über das, was du gesehen hast, sonst passiert dir was. Weißt du, was man mit dir macht, wenn man erfährt, dass du deiner Cousine nachspionierst?«

Im Flur hörte man Schritte. Rostom ließ den Jungen los und lächelte breit.

»Abgemacht, junger Mann?!« Er zwinkerte ihm zu und lief die Treppe hinunter.

Der Junge sah Rostom verächtlich nach. Er zupfte sein T-Shirt gerade, öffnete den Mund, als hätte er etwas auf der Zunge … und spuckte übers Geländer.

»Zaza!« Elene sah aus dem Fenster, ihre feuchten Haare zu zwei Zöpfen geflochten, und winkte ihm zu.

Dianas Tagebuch

30. August
Warum habe ich das nicht gleich begriffen … Zaza geht es nur ums Geld. Woher weiß er überhaupt, dass wir Geld haben? Wenn er davon weiß, wissen es die anderen auch. Wir müssen es gut verstecken.

Ich fragte ihn, ob er uns nach Hause bringen kann. Er sagte, wenn wir ihm Geld geben, würde er wiederkommen.

Lina bat ihn für uns einzukaufen. Er war einverstanden, nahm die Scheine und ging. Nichts wird er uns bringen. Wie dumm, dass ich ihm Geld gegeben habe. Manchmal begreife ich zu langsam und mache, ohne zu wollen, genau das, was andere von mir verlangen.

Aber mehr bekommt er nicht!

Linas Tagebuch

Am dreißigsten August
Wir sind gerettet, Zaza hat gar nicht nach Großmutter gefragt. Er hat Geld mitgenommen. Diana hat ihm nicht alles gegeben, also haben wir noch etwas. Ich muss mir aufschreiben, was wir brauchen, Parfüm muss er kaufen und natürlich Bücher.

Der Direktor wollte, dass wir noch einmal für einen Mann tanzen. Ich will das nicht! Diana meinte, wir sollten vielleicht mehr Geld verlangen. Ich weiß nicht …

Für Sascha würde ich tanzen bis zum Morgengrauen. Nicht für Geld natürlich, auch nicht für Applaus oder Lob. Er müsste einfach nur da sein und mich ansehen.

Dianas Tagebuch

31. August
Lina hat schon wieder ein Gedicht geschrieben und ich konnte nicht einschlafen. Aber ich habe mich nicht beschwert, ich glaube, sie ist wirklich eine Dichterin … kurz beneidete ich sie sogar darum … ich möchte auch reimen können … Linas Gedichte sind viel weiser, viel größer als sie. Beim Schreiben ist sie jemand anderes. Sie schreibt schnell wie bei einem Diktat. Seltsam … Woher kann sie das bloß?

Der kreisrunde Mond gestern Nacht ist mir auch aufgefallen. Wir haben ihn ja aus dem kleinen Küchenfenster bei unserer zweiten Mahlzeit gesehen. Die bekommen wir nachts.

Hier essen wir beide von einem Teller. Großmutter hat uns das Essen immer auf zwei Tellern serviert. Unser Teller hier hat eine rote Markierung, mit Nagellack. Sonst wird das Geschirr von allen benutzt, nur selten besitzt jemand eine eigene Tasse, aber unseren Teller fasst keiner an, der gehört nur uns.

Die Bühne wurde aufgeräumt, Trommeln und Musikinstrumente weggebracht, man hörte es poltern. Draußen vor dem Fenster jagte der Wind die Wolken, der Mond verschwand immer wieder, um kurz darauf noch strahlender aufzutauchen. Die Bewegung der Wolken stimmte mit den Geräuschen überein, manchmal erklang eine kurze Melodie und auch der Mond tauchte auf, um sich wieder zu verstecken, sobald die Musik aufhörte. Als wäre der Himmel eine Zirkusmanege, eine diskrete und melancholische Tanzbühne.

Der leuchtende Vollmond am schwarzen Nachthimmel erinnerte mich an den weißen Kreis, der in unserer Yin und Yang-Vorstellung auf Linas Kleid war.

Linas Tagebuch

Am einunddreißigsten August

Billige Musik jagt die Wolken von dannen,
am Himmel schwimmt ein runder Mond,
begraben unterm Zirkuszelt, für immer verfangen,
Mi-La-Sol-Do, stur wiederholt sich jeder Ton:
Die Welt im hölzernen Rahmen der Fenster bewahrt,
angestrahlt vom Mond, dem Spiegelbild der Sonn'.

Rostom suchte erneut die Staatsanwaltschaft auf, diesmal aus freien Stücken. Dort wunderte man sich nicht über sein Kommen, nahm seine Aussage entgegen und erklärte ihm die Sachlage. Erst spätabends verließ er das Gebäude mit einer Mappe, in der sich chronologisch geordnet die Notizen der Zwillinge aus ihrer Zirkuszeit befanden. Man hatte ihm ebenfalls den Privatbesitz der Verstorbenen gezeigt. Als Rostom Elenes silbernen Blattanhänger sah, starrte er ihn hilflos an, seine Arme wurden ganz schwer.

Auf der Straße blieb er stehen und sah den Passanten nach. Fetzen aus dem nüchternen Bericht des Staatsanwaltes schwirrten durch seinen Kopf, einzelne Sätze der Aussagen, die die Zirkusmitarbeiter zu Protokoll gegeben hatten.

Zaza war von der Polizei im Zimmer der beiden Mädchen erwischt worden, er schien dort nach Geld gesucht zu haben. Aus Mangel an Beweisen konnte ihm kein Diebstahl nachgewiesen werden, man hatte ihn lediglich als Zeugen verhört. So war Rostom ins Spiel gekommen.

Anfangs leugnete Zaza seine Verwandtschaft mit den Zwillingen. Später änderte er aber seine Aussage und gab an, ihm gehöre sogar die Dreizimmerwohnung der Großmutter der Zwillinge in der Dschamardschaschwili Straße in Tbilissi. Der Zirkusdirektor war wie vom Erdboden verschluckt. Da er den Zirkus ohne Arbeitserlaubnis betrieben hatte und außerdem des sexuellen Missbrauchs Minderjähriger wie auch der Kinderarbeit verdächtigt wurde, schrieb man ihn zur Fahndung aus. Rostom pochte es in den Schläfen, sein Verstand stand still … Es fiel ihm schwer, die Geschichte mit dem Zirkus und den siamesischen Zwillingen in Verbindung mit seiner Person zu bringen.

Auszüge aus der Akte Siamesische Zwillinge:

Aussage des Zirkusdirektors (aufgenommen vor seiner Flucht):
»Sie haben von mir alles bekommen: Unterkunft, Arbeit und Geld. Dabei mussten sie kaum Geld ausgeben, sie hatten schon alles. Ich habe ihnen stets mehr als genug gegeben, als wären sie nicht eine Person … sondern mehr … anderthalb. Bei uns wird keiner zu etwas gezwungen! Bei uns geht es wie in einer Familie zu. Als sie krank im Bett lagen, brauchten sie gar nicht aufzutreten, ich habe sie in Ruhe gelassen und ihre Nummer vorübergehend aus dem Programm

genommen. Bei uns geht es nicht ums Geld … Wir sind eine *Komanda*, eine eingeschweißte Truppe …

Ach, man kann keinem in den Kopf schauen … und schon gar nicht in zwei … beschwert haben sie sich nie, im Gegenteil, sie waren gerne bei mir. Aber die Psyche ist schon so eine Sache, wissen Sie … schon bei einem normalen Menschen brennen manchmal die Sicherungen durch, und erst recht bei den beiden, wen wundert das?

Ich habe alles gesagt, was ich weiß, ich habe nichts zu verbergen!

Es wird so viel Unsinn erzählt, von wegen wir hätten sie nackt auftreten lassen … Das hier ist kein Bordell, glauben Sie mir! Ein Zirkus ist wie ein Theater!«

Adriana:

»Ich glaube nicht, dass Dwoika sich umgebracht. Wie sollte sie das tun? Bringt eine sich um Leben, dann sagt die andere, dawaj, jetzt ich? Eto ja ne werju, das glaube ich nicht … Dwoika putzte sich gerne hervor, sie verliebt in Sascha, unser Zauberer. Sie ganz verrückt auf Zaubertricks. Sascha wirklich Meister.

Was soll ich noch von Dwoika sagen? Ganz still sie war, viel für sich. Einmal geklaut sie hat! Nun, nicht geklaut, weggenommen heimlich … mein Brusthalter. Aber ich nichts gesagt, was sollte ich auch? Ich habe nicht nur eins. Was sie damit gemacht, weiß ich nicht … eigentlich hatte auch Dwoika Brüste. Woobsche otsjuda oni potschti kak normalnye ljudi, bis hierhin waren sie normal … Nur Kopf zu viel …

Singen ging nicht bei ihr. Später Direktor hat gesagt und ich lernte sie tanzen, so gut wie möglich. Dwoika immer sehr eifrig dabei … Wo sonst sie Arbeit gefunden, wenn nicht in Zirkus? Sie war nicht immer *grustnaja*, traurig. Manchmal sie gelacht, ein Kopf mehr als der andere. Deswegen Yin und Yang wir sie genannt! Oni byli raznye, unterschiedlich waren sie, die eine leichter, legkaja, die andere eher schwer, washnaja …

Wir alle zufrieden hier, mein Täubchen, wir machen Arbeit, die Leuten gefällt es. My tut odna semja, cyrk nasch dom. Wir große Familie, Zirkus unser Zuhause.«

Maskenbildnerin:

»Was soll ich dazu sagen, ich bin sprachlos … es ist so furchtbar … ich hatte nichts damit zu tun! Sie hatten mal hier, mal da ein Wehwehchen, das schon! Sie fragten und ich gab ihnen etwas. Was hätte ich tun sollen? Mein Gott … ich habe nur einen Kopf und der ist kurz davor zu explodieren … Nach dem Tanzen haben ihnen die Muskeln wehgetan. Da habe ich ihnen etwas gegen die Schmerzen gegeben … So was habe ich immer dabei, für den Notfall … Auch gegen Fieber habe ich ihnen einmal etwas gegeben! Oder Schlafmittel … was ist so schlimm daran? Sie waren immer so aufgeregt vor dem Auftritt … das Einschlafen fiel ihnen schwer … Auch Hustenpastillen haben sie von mir gekriegt … Ich wollte doch nur helfen! Ich stehe immer noch unter Schock … keinen hier hat ihre Geschichte so bewegt wie mich! Fragen Sie, wen Sie wollen, ich war nur um ihr Wohl besorgt … mit dem Rest habe ich nichts zu tun …«

Lili:

»Man nennt mich Lili, schreiben Sie bitte Lili auf.

Also, zuletzt habe ich die beiden gesehen, als ich ihnen das Essen gebracht habe. Sie waren krank. Nein, nachher bin ich noch einmal zu ihnen gegangen. Die eine hat geschlafen, der anderen ging es schlecht und sie bat mich um Hilfe, ich sollte einen Arzt rufen. Der Tierpfleger war schon weg und deshalb rief ich beim Rettungsdienst an. Sie hatten sich eine schreckliche Grippe zugezogen, wahrscheinlich die Schweinegrippe. Hoffentlich haben sie uns nicht angesteckt! … Sie haben sich nicht umgebracht. Warum hätten sie das tun sollen? …

Die Ärmsten … einmal ging meine Haarspange kaputt und sie gaben mir ihre. Sie hatten ein gutes Herz. Lina, die links, war die Fröhlichere von den beiden, sie hatte zwar kein gutes Gehör, aber sie sang gerne … Die beiden haben gleich Vertrauen zu mir gefasst.

Warten Sie, ich muss Ihnen etwas zeigen, das habe ich abgeschrieben. Hier … Sie haben mich einmal besucht und die eine hat das an die Wand geschrieben, ich glaube, das war die links … Soll ich es Ihnen vorlesen?

Auch dort wächst eine Blume in ihren Farben
an kahler Mauer, im tristen Graben,
wo kaum Wasser in trockener Erde,
wie fand sie zu Blüte, woraus sie wohl zehrte …
Seine Gaben will verteilen das Leben
auch dort, wo Menschen keine Nahrung geben,
im Zirkus … im Traum … in felsiger Kluft,
erschöpft, ohne Wasser, lebt von staubiger Luft …
Veilchen, Klatschmohn und Lili, die Kleine,
der Manege Schönste, die Stille und Feine …

Dass sie zu uns kamen, war meine Rettung … Davor hatte man mich manchmal oben auf den Schrank gepackt, von wo ich alleine nicht herunterkam, oder mich in einen Käfig gesperrt. Aus Spaß natürlich … Wegen so was bringt man sich doch nicht um …

Nein, nein … eingesperrt hat man sie nicht … Es ist nichts passiert. Der Zirkus ist unser Zuhause … keiner wird hier zu etwas gezwungen …«

Sascha:

»Na ja, so überraschend fand ich es gar nicht … Sie kamen miteinander nicht klar. Die eine zog nach links, die andere nach rechts … die eine wollte dies, die andere das … Was soll ich für eine Beziehung zu den Verstorbenen gehabt haben? Ich habe sie ab und zu aufgeheitert, ihnen Zaubertricks gezeigt … Das ist meine Arbeit – den Menschen Freude machen.«

Dianas Tagebuch

1. September

Machen wir etwas falsch … Vielleicht sollten wir mit dem Geld auskommen, das wir schon haben? Könnte mir bloß einer sagen, was richtig ist … Ich fühle mich nach jedem Auftritt ganz schrecklich. Oder sollte ich diesem Gefühl keine Bedeutung beimessen? Nicht meinem Herzen folgen? Sondern einfach vernünftig sein? Aber meinem Verstand geht es auch nicht gut …

Meine Hoffnung, hier wegzukommen, wird von Tag zu Tag kleiner. Manchmal erscheint mir alles sinnlos. Wahrscheinlich bin ich einfach müde, so müde, dass sich sogar die Holzbank weich anfühlt und ich auf ihr in tiefen Schlaf versinke … Ich würde am liebsten nicht mehr aufwachen.

Linas Tagebuch

Am ersten September
Ich habe mich inzwischen daran gewöhnt, auf der Bühne zu stehen, aber in dem kleinen Raum tanzen mag ich immer noch nicht. Neulich waren sie zu zweit da, eine Frau und ein Mann. Sie rauchten. Die Frau holte ihr Telefon aus der Tasche und in dem Moment platzte einer vom Zirkus herein, keine Ahnung, wo er die ganze Zeit gestanden war. Er sagte, Filmen wäre verboten. Das habe ich nicht verstanden, die Frau wollte doch nur telefonieren …

Ein anderes Mal war ein Mann da, der aus irgendeinem Grund immer wieder in seine Hose fasste. Dann wollte er zu uns. Da tauchte erneut einer vom Zirkus auf und sagte, dafür gäbe es einen anderen Tarif. Was auch immer das zu bedeuten hat. Lili kannte das Wort nicht. Wir müssen die Pinselfrau danach fragen, sie hat studiert.

Hauptsache, Sascha lächelt mich wieder an. Er scheint meinen Brief gelesen zu haben … So wie er mich ansieht, muss er ihn gelesen haben.

Vor Müdigkeit kann ich kaum noch schreiben. Mein Kopf tut weh.

Wie sollen wir bloß heute Abend tanzen …

xxx
Die Nacht geht zu Ende, es dämmert. Ich will nicht in dem Raum tanzen. Ich hasse das … Diana liegt da wie tot, auch mein Körper schläft schon fast ein, nur in meinem Kopf kreisen die Gedanken wie ein wildes Karussell.

Heute hat uns ein Mann einen Bonbon zugeworfen und uns gezwungen, ihn mit dem Mund vom Boden aufzulesen. Danach warf er einen direkt vor seine Füße und wollte, dass wir von der Bühne zu ihm kommen. Als wir auch den aufgesammelt hatten, legte er sich den nächsten auf sein Knie. Von dort wollten wir ihn aber nicht nehmen. Er schlug sich mit flacher Hand auf seinen Oberschenkel, von wegen wir sollten uns nicht so anstellen. Wo war denn nur unser Aufpasser … wir standen starr wie eine Säule. Endlich hörte man ihn sagen: »Das ist ein anderer Tarif …«

In der Nähe vom Zoo fiel Rostom eine lange Menschenschlange auf. Er saß im Bus und drückte mit dem Finger auf die Stelle am Arm, wo man ihm gerade Blut abgenommen hatte. Einer der Fahrgäste fragte, warum so viele Menschen dort anstehen würden.

»Man musste doch diesen Zirkus schließen und die Tiere werden in den Zoo gebracht«, sagte jemand.

»Die sollen auch zweibeinige Tiere gehabt haben, wo die wohl gelandet sind?«, fragte ein anderer. Die Antwort ging im allgemeinen Gerede unter.

Rostom errötete, er sprang auf und stellte sich an die Tür, mit dem Rücken zu den anderen Fahrgästen. Er blickte auf das Riesenrad draußen. Ihm wurde zum ersten Mal seine georgische Bezeichnung bewusst: »Das Teufelsrad«.

Zurück an der Fachhochschule bekam er von der Sekretärin die Liste der eingeschriebenen Studenten. Er konnte Ekaterines Namen nicht finden. Die Sekretärin erklärte ihm, Ekaterine sei Mutter geworden und wollte ein Urlaubssemester nehmen, bis jetzt habe sie aber keinen Antrag gestellt.

Rostom starrte auf das Blatt. Ganz unten stand sein Name: Professor Rostom Mortschiladze.

»Brauchen Sie etwas zum Schreiben?« Die Sekretärin reichte ihm einen Kugelschreiber.

»Nein, ich habe meinen dabei«, brachte Rostom mühsam hervor und unterschrieb.

Das Ergebnis der DNA-Analyse sollte in den nächsten Tagen vorliegen.

Linas Tagebuch

Am zweiten September
Heute ist unser Geburtstag. – mein Geburtstag …

Komm zu mir, auch wenn wir dann sind drei.
Halt deinen Zauberhut hin, ich schenke ihm Schrift,
gewundene Sätze, Worte mit Schliff,
und die Nachricht, dass in diesem Körper sind zwei
Herzen, zwei Seelen, zweimal Verstand,
zwei Beine, zwei Füße. Ich gehör nur dir,
drum hilf, nimm endlich den Fluch von mir!
Streichel mein Haar, halt meine Hand,
nimm mich in den Arm.
Gib mir den Hut, mein Brief soll hinein,
und du musst ihn lesen! Mein Körper ist dein –
der halbe – und das Leben voll Kram.
Komm her, berühr jedes Fingerglied,
liebkose meine Schulter sacht,
und verlieb dich in mich wie die Nacht
sich immer wieder in den Halbmond verliebt.

Dianas Tagebuch

2. September
Unser Geburtstag.

Lina und ich sind siebzehn geworden.

Nie hätte ich gedacht, dass uns Schlimmeres als die Flut passieren könnte. Was gibt es Schrecklicheres, als den Boden unter den Füßen zu verlieren und aus der Wohnung gespült zu werden … Einmal dachte ich, dass es auch hier Hochwasser gab … doch sie haben uns nur mit einem Schlauch abgespritzt wie ein Stück Vieh.

Auf meiner Bluse ist ein brauner Fleck, man hat uns etwas zu trinken gegeben, zum Probieren, und wir spuckten es aus. Jetzt hat auch unser Kleid einen Fleck, hinten auf dem Rock.

Dass wir Geburtstag haben, hat Lina hinausposaunt. Nach unserer Aufführung brachte man uns in den Schminkraum. Sascha nötigte uns das Getränk auf, er sagte, es würde süß schmecken. Er selbst war in den letzten Tagen unglaublich freundlich zu uns, als würde er Süßholz raspeln, dieser Lügner. Lina wagte einen Schluck und trank dann in einem Zug das Glas leer. Sascha füllte nach und führte es an meinen Mund. Das Getränk roch gut und ich nahm auch einen Schluck. Wie ich mich jetzt dafür hasse …

Lina wollte mehr. Mich überfiel eine seltsame Müdigkeit, die ich sogar angenehm fand. Und noch etwas passierte, etwas ganz Ungewohntes – alles um mich schien an Schärfe zu verlieren, alles wurde leichter, irgendwie einfacher. Das ganze Zimmer geriet ins Wanken und verschwamm vor meinen Augen, die Gegenstände schwebten. Alle lächelten und mir wurde ganz warm ums Herz.

Anfangs waren viele da. Strunk lief unruhig umher, sah keinen richtig an. Adriana trank langsam vor sich hin, die Beine hinter dem Kopf verschränkt, als hätte sie sich verknotet. Ich glaube, sie hat keine Knochen … Lili lag ausgestreckt am Boden, streichelte ihre Katze und nippte an ihrem Getränk. So entspannt sitzen sie oft nach einer Aufführung beisammen, diesmal lag aber noch etwas anderes in der Luft, etwas Schwindelerregendes, Betäubendes. Linas Augen glänzten, sie starrte Sascha an. Er erwiderte ihren Blick, sah dann zu mir und zwinkerte mir zu. Um ehrlich zu sein, fand ich ihn nicht mehr so schlimm.

Zum ersten Mal fühlte ich mich wie zu Hause. Der Zirkus war unser Zuhause. Vielleicht hatte ich mich inzwischen an alles gewöhnt, dachte ich, vielleicht heißt Glück Gewöhnung … Wie dumm von mir …

Nachdem alle gegangen waren, griff Sascha nach Linas Hand. Diese Hand spürte ich nicht, trotzdem war ich ganz angespannt … Allerdings nicht mehr so wie früher … Ja, alles meine Schuld! Warum sind wir ihm bloß hinter die Kulissen gefolgt. Er rückte uns nicht vom Leibe und meinte, er möchte uns etwas zeigen. Ich ließ mich überreden. Lina war sowieso mit allem einverstanden. Es war dunkel. Ich will nichts verschweigen, alles ehrlich erzählen. Die von Saschas schwerem Atem satte Luft ließ mich keinen klaren Gedanken fassen. Plötzlich konnte ich meine Schwester besser verstehen, ihre Leichtgläubigkeit und Willenlosigkeit.

Sascha streichelte Linas Gesicht, ihre Haare. Ich stand wie ein Klotz daneben und fühlte mich überflüssig. Dann knickten meine Knie ein. Im Bauch loderten Linas Mohnblumen, so nennt sie dieses seltsame Gefühl … auch ich konnte Saschas warme Hand an unserer Hüfte spüren. Von der Taille abwärts teilen sich Lina und ich den Körper. Sanft fasste Sascha meinen Kopf an. Ich protestierte nicht. Um ganz offen zu sein: Ich habe mich sogar darüber gefreut! Endlich bekam auch ich etwas Aufmerksamkeit.

Dann fasste er meine Schulter an, fuhr mit der Hand über meinen Arm. Und ich folgte ihm … und wurde Lina. Empfänglich, brav und naiv … Ich meinte, ein Recht auf diesen stillen und geheimen Moment in der Dunkelheit zu haben, darauf, auch so etwas zu erleben, wie andere Menschen.

Meine Brust wurde fast so hart wie an manchen Tagen, aber es fühlte sich angenehmer an. Ich sehnte mich danach, dass jemand meine Brustwarze berührte … auch wenn es der Geliebte meiner Schwester war … Sascha küsste uns nicht. Ich wusste aus Filmen und Büchern, dass sich in solchen Momenten die Lippen begegneten, aber im wahren Leben läuft alles anders … Er zeichnete nur mit seinen allmächtigen Händen die Konturen unseres Körpers nach. Als würde er uns verzaubern und entzaubern, als würde er uns eine neue Form geben. Ganz langsam drehte er uns um, stellte sich hinter unseren Rücken. Meine Augen hatten sich immer noch nicht an die Dunkelheit gewöhnt, im Gegenteil, sie schien immer schwärzer zu werden. Neben Saschas Atemzügen konnte ich unseren Herzschlag hören. Linas und mein Puls beschleunigten gleichzeitig. Sascha schlug von hinten seine Arme um uns. Diesmal war ich sofort von Linas Mohnblumen überzeugt – wie leuchtend rote Blütenblätter entfalteten sich in der Dunkelheit bis dahin unbekannte Empfindungen, der süßliche Geschmack der Mohnsamen füllte meinen Mund. Als Saschas Hände uns unter dem Kleid liebkosten, war es endgültig um mich geschehen. Seine Finger hoben das Gummiband an und die Unterhose rutschte unsere Beine entlang. Mir schoss durch den Kopf: Wie schön … seltsam und ungewohnt schön … ich zitterte.

Sascha drückte sanft gegen unsere Kniekehlen und wir ließen uns fallen. Erhitzt wie ich war, empfand ich den kalten Fußboden als angenehm. Sascha legte seine Hand auf Linas Nacken und schob uns leicht nach vorn. Wir stellten uns auf alle viere, Lina stützte sich auf ihre, ich auf meine Hand.

Dann entstand eine Pause, eine seltsame Pause, die wir aber, glücklich wie wir waren, nicht bemerkten, nicht einmal das seltsame Tuscheln und Kichern fiel uns auf. Bis ich etwas Hartes zwischen den Beinen spürte, wie ein nasser Finger oder etwas anderes, Größeres fühlte es sich an … und tat weh. Irgendwie angenehm, aber auch schmerzhaft …

Das plötzliche Lachen und der tosende Beifall ließen mich schlagartig ernüchtern. Man applaudierte … rief uns etwas zu und klatschte dabei …

Die wichtigste Vorstellung auf der ewigen Bühne unseres Lebens war zu Ende.

Ich drehte mich um und blickte in Strunks offenen Mund. Mit seinen kurzen, hässlichen Ärmchen hielt er unsere Hüfte umklammert. Seine Hose lag zusammengerollt um seine Füße …

Sascha stand mit der Schulter an Adriana gelehnt und klatschte. Nicht einmal die Clowns und der Tierpfleger fehlten. Durch einen Spalt im Vorhang, aus dem Lilis Kopf ragte, fiel Licht herein, so konnte ich alles ganz genau sehen. Der Zwerg ohne Unterhose hatte tatsächlich eine Ähnlichkeit mit einem Baumstrunk. Etwas Warmes floss meinen Oberschenkel hinunter. Kurz dachte ich, in die Hose gemacht zu haben, aber nein, es war eine dicke, mit Blut vermischte Flüssigkeit. Das Kleid klebte mir am Bein.

»Herzlichen Glückwunsch!« Sascha schubste Strunk mit dem Fuß an. Adriana lachte laut auf: »Aus Strunk Mann geworden ...« Lili zog ihr Köpfchen zurück und der Vorhang schloss sich. Es wurde wieder dunkel. Wir blieben allein. Regungslos lagen wir auf dem Boden, bis keine Schritte mehr zu hören waren. Dann zwang ich Lina, aufzustehen, und wir taumelten auf unser Zimmer. Am Waschbecken schrubbte ich uns das klebrige Zeug von den Beinen.

Lina übergab sich. Ich hielt mich an einem Eisenrohr fest, damit ihr Kopf nicht gegen die Kloschüssel schlug. Ich trocknete ihr das Gesicht und wir legten uns hin. Sie weinte die ganze Nacht. Ich schlief in der Morgendämmerung ein.

»Wie haben die Ärmsten bloß da hinaufklettern können?«, wunderte sich Rostom, als er wieder vom Baum herunterkam. In dem Moment war er zum ersten Mal von der Existenz der beiden Zwillinge überzeugt. In der Hand hielt er die bunte Wachstuchtasche, die die Mädchen in der Baumhöhlung versteckt hatten.

Der Taxifahrer hatte längst den Wagen verlassen, rauchte und sah Rostom mürrisch zu.

Von dem ganzen Anwesen war nur die Vorderseite stehen geblieben. Ein paar Möbelteile und eine weiße Kühlschranktür ragten aus dem Schlamm.

»Wie haben sie hier leben können?« Rostom sah sich um. Dann machte er die Tasche auf und holte das Heft, den Notizblock und das Fläschchen Rosenwasser hervor. Seine Hände zitterten. Er hätte selbst nicht sagen können, ob es von der Anstrengung kam, auf einen Baum zu klettern, oder von dem seltsamen Schmerz, der ihn erfasst hatte.

»Mein Lieber, entweder steigen Sie wieder ein oder Sie bezahlen, ich muss weiter!«, rief der Fahrer und machte den Motor an. Die Räder drehten im Schlamm durch, das Taxi fuhr nur schwer los. Rostoms Blick streifte über den Fluss, einen Baum mit zwei mächtigen, seltsam gespreizten Ästen.

Lieber Vater! Solltest du uns jemals finden, dann sollst du wissen, dass ich dir vergeben habe …

Diana, wenn unser Vater kommt, sag ihm bitte, dass er uns nie wieder verlassen darf.

Die letzten Zeilen von Lina schossen ihm durch den Kopf.

Er hielt die Tagebücher so fest, als fürchtete er, jemand könnte sie ihm entreißen. Unbewusst presste er die Tasche mit dem Notizblock und dem Heft direkt an sein Herz.

Dianas Tagebuch

7. September

Seit zwei Tagen sagt Lina kein Wort. Die Saison ist zu Ende, in den Gängen ist es ungewohnt leise. Manchmal hört man ein Hämmern, auf der Bühne wird wohl etwas gebaut. Bei jedem Geräusch zuckt sie zusammen.

Mein Kopf schwirrt, ein Gedanke jagt den anderen – wann hatten sie das miteinander abgesprochen, wie lautete die Absprache? … Ging es um eine Wette oder wollten sie nur Spaß haben? Hat Strunk beim Kartenspiel verloren? Oder gewonnen? Haben sie Strunk verarscht oder nur uns? Erst jetzt verstehe ich, warum uns Großmutter immer vor anderen Menschen gewarnt hat … Sie sind wirklich grausam. Warum haben sie uns das angetan? Strunk und Lili sind auch nicht normal. Manchen Menschen fehlen sogar beide Beine. Warum aber wir, Lina und ich? Warum?

Sascha soll verrecken! Strunk auch! Und Adriana! Möge eine riesige Flutwelle sie mitnehmen. Möge der Feuerspucker versehentlich den ganzen Zirkus in Brand setzen! Nur die Tiere sollen überleben … vielleicht auch Lili … und die Maskenbildnerin … Das Küchenpersonal, die Putzfrauen? Keine Ahnung … Würde ich überleben wollen? … Will ich überhaupt noch leben? Wozu sind wir noch da? Was nützt uns der Tod von anderen?!

8. September
Lina schweigt immer noch. Sie schreibt auch nicht mehr. Sie muss Medikamente gesammelt haben, und jetzt ordnet sie die Pillen auf dem Tisch, mal legt sie sie in eine Reihe, mal macht sie aus ihnen einen Kreis, um sie weiter anzustarren. Nur mit Mühe brachte ich sie dazu, das Zimmer zu verlassen. Das Essen hat sie nicht angefasst. Ich habe Tee getrunken und Brot gegessen.

Von Sascha hieß es, er wäre nach Hause gegangen. Ich dachte, er wohne hier … Ich dachte, wir wohnten alle hier. Lili und Strunk sind auch immer da. Adriana verschwand manchmal. Nur die Maskenbildnerin kam immer von draußen, die habe ich aber schon lange nicht mehr gesehen.

Es zog mich zu Saschas Zimmer, Lina folgte mir willenlos. Sie zeigt überhaupt keine Reaktionen mehr. Bevor ich nach der Klinke fasste, klopfte mir das Herz bis zum Hals, vor lauter Angst, er könnte vielleicht doch da sein.

Vorsichtig zog ich an der Tür, es war abgeschlossen. Eine Putzfrau mit Tierfutter ging an uns vorbei. Wir sahen ihr nach. Dann wurde es wieder still. Lina wollte wissen, was wir hier wollten. Ich wusste es selbst nicht, aber deutete ihr, leise zu sein. Die Putzfrau kam mit leerem Futtereimer zurück, sah uns an und fragte, wo der Zauberkünstler abgeblieben war. Ich zuckte mit der Schulter. Sie rüttelte an der Tür, dann griff sie in die Tasche und holte einen Schlüsselbund hervor. Ein übler Geruch schlug uns beim Öffnen der Tür entgegen. Das Zimmer war mit Tierkäfigen vollgestellt, lauter Vögel, Kaninchen und Hamster. Sascha hält sich also Tiere. Mir wurde übel ... Aber der Reihe nach, ich will alles ganz genau beschreiben. Die Putzfrau verschwand, es musste dort noch ein zweites Zimmer geben. Ich traute mich nicht, ihr zu folgen, außerdem war Lina wie erstarrt. Entsetzt blickte sie auf die Käfige. Wir hörten einen dumpfen Schlag. Die Putzfrau tauchte mit einer großen Schaufel auf. Sie hielt uns einen Müllsack hin, den wir auseinanderziehen sollten. Ich nahm ihn entgegen, aber er fiel mir sofort aus der Hand. Auf der Schaufel lagen tote Vögel und Hamster. Ich erschauderte. Mir wurde übel von der stickigen Luft. Die Putzfrau zog genervt die Augenbrauen hoch und machte die Tüte selbst auf. Auf der Schaufel flatterte etwas. Die weißköpfige Taube aus Saschas Zaubertrick lebte noch. Die Putzfrau achtete aber nicht darauf, sie kippte den Inhalt der Schaufel in den Sack und knotete ihn zu. »Verschwinde«, sagte sie grob und schloss die Tür hinter sich ab.

9. September
Lina geht es schlecht. Ihre Stirn ist heiß, ihre Hand aber eiskalt. Bald wird die Hitze auch auf mich überspringen. Wir liegen im Bett. Die Maskenbildnerin ist mit Wasser und Medizin vorbeigekommen. Lili brachte uns ein Stück Wurst und Brot.

»Habt keine Angst«, sagte sie und lächelte ihr seltsames Lächeln. Manchmal kommt es mir so vor, als wäre sie viel jünger als wir.

Mir wird heiß und die Augen fallen mir zu.

10. September
Ich hasse es, wenn es ganz still ist. Das macht mir Angst. So still war es, als Großmutter im Sterben lag. Ich flehe Lina an, sie möge mit mir sprechen. Sie sagt kein Wort. Ihre Augen sind starr und ihr Atem geht schwer. Ich habe Angst.

Manchmal möchte ich mir die Kleider vom Leib reißen. Die Haut abstreifen, die Lina und mich umhüllt, und das allzu willige Fleisch herunterkratzen. Ich möchte nackt und wunschlos sein. Solche Nacktheit wäre mir nicht peinlich, die würde keiner zu Gesicht bekommen …

Ich möchte verschwinden.

xxx
Ich dachte, Lina würde nicht mehr schreiben. Aber während ich schlief, hat sie ihr Gedicht beendet, das sie früher immer gesungen hat. Vage Hoffnung am Horizont! Es geht ihr besser!

Blau oder hellblau mag sein das Meer,
die ruhlosen Wellen wecken mein Begehr,
uns zu tragen in milchige Ferne zur Rast
erholen vom Schleppen des Körpers Last.

Denn dort wollen wir Frieden finden,
uns mit Sonne, Salz und Wasser verbinden.
Mit schwerlosem Körper zur Ruhe hin schweben –
zwei Seelen haben wir, nur ein einziges Leben.

Linas Tagebuch

Ein Brief

Auch wenn ich mich ganz schwach fühle, scheine ich doch noch ein kleines bisschen Kraft zu haben …

Meine Schwester schläft, also kann ich loslegen:

Das ist mein letzter Brief.

Ich habe dir mein Herz geschenkt und meine Seele. Du hast mir deine Zaubertricks gezeigt.

Es ist vollbracht. Ich habe alles gegeben und du mir alles gezeigt.

Den größten und furchtbarsten Zaubertrick aller Zeiten.

Du bringst lebende Wesen um. Das ist die ganze Zauberei.

Auch mich hast du getötet, genau wie deine Kaninchen, Vögel und weißen Mäuse …

Was spielt es für eine Rolle, wie viele Pillen ich schlucke, damit mein Herz endlich aufhört zu schlagen, wenn es ohnehin stillsteht?

Diana wird mir verzeihen. Diana hat mich immer verstanden. Sie war die Einzige, die mich liebte. Es wird ihr schwerfallen, mich nach meinem Tod mitzuschleppen, ich werde schwer sein, so wie Großmutter … Sie wird liegen bleiben müssen, sich langweilen wie ich damals im Krankenhaus, aber im Gegensatz zu ihr werde ich nicht mehr aufwachen, man wird sie nicht wegschicken können … So bleibt sie in Sicherheit.

Warum habe ich erst jetzt verstanden, dass in einem Körper nicht Platz genug ist für zwei?!

Lieber Vater! Solltest du uns jemals finden, dann sollst du wissen, dass ich dir vergeben habe …

Diana, wenn unser Vater kommt, sag ihm bitte, dass er uns nie wieder verlassen darf.

Sascha, dir wollte ich noch eines sagen … Ich war so dumm und dachte, du würdest mir das Meer herzaubern, es mir zumindest zeigen. Ich würde ins Wasser gehen … und eintauchen … So viel habe ich gewollt und nichts bekommen, nichts ist mir gelungen …

Ich wollte allen ins Gesicht sagen: Auch ich bin eine von euch. Auch ich bin … ein Mensch.

Die Pillen schmecken bitter.

Mich fröstelt.

Dianas Tagebuch

11. September
Alles ist aus. Lina ist tot! Ich werde auch sterben.

Muss ich wirklich sterben? Oh Gott, ich will nicht … Tut das weh? Hatte Lina Schmerzen? Sie habe sich das Meer anders vorgestellt, sagte sie, da lag sie aber schon im Delirium. Sie dachte, sie könne schwimmen … Zum Schluss schrie sie:

»Diana, ich gehe unter, halte mich fest!« Mein Gott … Wäre ich bloß nicht aufgewacht, hätte ich das bloß nicht gehört! Warum muss ich die Letzte sein? Dem Tod ins Gesicht sehen?

Wie konnte sie mir das antun? Mit welchem Recht?

Ich dachte, sie sei am Fieber gestorben … Erst dann sah ich die verdammten Medikamente … Speichel floß ihr aus dem Mund, ein paar halb aufgelöste Pillen lagen darin. Ich steckte ihr die Finger in den Hals, spritzte ihr Wasser ins Gesicht, schüttelte sie … sie übergab sich aber nicht mehr … Ich war zu spät. Ich habe auf meine Schwester nicht aufgepasst, ich habe sie nicht gerettet.

Noch schreibe ich und will es nicht glauben …

Wenn ich aufhöre zu schreiben, bin ich tot. Das Schreiben hält mich am Leben. Ich lebe doch noch, oder?

Wie viel Zeit bleibt mir? Wann springt die Kälte auf mich über? Wann fängt sie an, von meinem Fuß bis zum Herz zu kriechen? Wann schnürt sie mir den Atem zu und hält den einsamen Herzschlag an? Ich habe Lina immer für schwach gehalten … Lina! Wie konntest du?!

Nichts ist so wertvoll wie das Leben … Arme Großmutter … Hätten wir dich bloß gerettet! Aber der Fluss hätte uns trotzdem mitgenommen … es wäre trotzdem alles so gekommen.

Ich werde immer müder. Aber solange ich schreiben kann, will ich weiterschreiben. Schreiben war sowieso das Einzige, was mich am Leben hielt …

Wo bist du, Lina? Siehst du Großmutter? Werden wir auch Mutter begegnen? Du hast doch an so etwas geglaubt, oder? … Sag, wo bist du?

Ein komischer Brief, den sie geschrieben hat … »Auch ich bin eine von euch …« Hat sie denn nie begriffen, dass sie ihr ganzes Leben nur die eine von mir war. Wir haben nie zu denen gehört und werden es auch nie. Wir haben gemeinsam das Leben geschenkt bekommen, nur im Tod sind wir getrennt.

Lina … Lina …

Mein Leben und mein Tod!

Du wusstest nicht, was du da tust …

Ich vergebe dir …

Rostom blickte auf. Während der Lektüre der alten Tagebücher hatte er Elenes Silberblatt so fest in der Hand gehalten, dass ihm der Anhänger die Haut aufgeritzt hatte. Draußen tobte ein starker Wind. Vor dem blauen Hintergrund des Himmels rasten die Wolken so schnell an Rostoms Fenster vorbei, als stürmten nicht sie, sondern seine Wohnung in die Ferne.

Das Telefon klingelte. Rostom nahm seine Brille ab, stützte sich mühsam auf die Stuhllehne und erhob sich. Das Labor rief an, die Ergebnisse des DAN-Tests wären abholbereit.

Wortlos legte er auf. Auf dem Hörer blieb ein roter Abdruck seiner Hand zurück.

Rostom reichte seine Kündigung ein. Nach zwanzigjähriger Tätigkeit verließ er die Fachhochschule, ohne von einem einzigen Kollegen Abschied zu nehmen. Mit gesenktem Kopf steuerte er auf den Ausgang zu. Draußen erblickte er Ekaterine.

An ihrem immer noch schlanken Körper zeichneten sich ihre vollen Brüste ab, ihr Gesicht strahlte ruhige Zufriedenheit aus.

»Eka!«, entfuhr es Rostom.

Sie hörte ihn nicht. Aus einem plötzlichen Impuls heraus lief er ihr nach.

»E…« Seine Stimme brach. Ekaterines schnelle Schritte wurden vom Klackern ihrer Absätze begleitet. Im Haus wurde es allmählich still. Die herumstehenden Gruppen von Studenten hatten sich gelichtet, die Lehrveranstaltungen fingen an. Einige verschwanden in der Kantine. Das Foyer roch nach einer Mischung aus warmen Backwaren, staubigem Steinfußboden und heißer Ozonluft, die über den Kopiergeräten hing. Wie erstarrt blickte Rostom Ekaterine nach. Durch die hohen, schmutzigen Fenster fiel die Sonne ins Foyer und brachte die grauen Wände zum Leuchten.

Rostom rührte sich nicht, auch sein Atem setzte aus. Seine Hand blutete, die Wunde von Elenes Silberblatt war aufgegangen. Auf einmal begann sein Kinn zu zittern und von seinen Lippen kam ein leise gestottertes »Ent-schul-di-gung.«

Im Winter überschrieb Rostom seine Wohnung an Msia.

In Linas und Dianas Garten in Tbilissi brach der Frühling aus. Vor der Ruine des alten Hauses erwachte der Apfel-Pfirsichbaum und auf seiner rechten Seite gingen unzählige weiße Knospen auf. Es waren so viele Blüten, dass sie die kahlen, halb vertrockneten Zweige der Pfirsichhälfte mühelos verhüllten.

www.septime-verlag.at